U0456856

西顿野生动物小说全集

泡泡野猪

PAO PAO YE ZHU

[加拿大] 欧·汤·西顿 著

庞海丽 译

畅销经典

艺术体裁　蕴含哲理　开阔眼界

吉林出版集团股份有限公司
全国百佳图书出版单位

图书在版编目（CIP）数据

泡泡野猪 /（加）西顿著 ; 庞海丽译 . –– 长春：
吉林出版集团股份有限公司 , 2015.7
（西顿野生动物小说全集）
ISBN 978–7–5534–7920–0

Ⅰ.①泡… Ⅱ.①西…②庞… Ⅲ.①儿童文学—
短篇小说—小说集—加拿大—现代 Ⅳ.① I711.84

中国版本图书馆 CIP 数据核字 (2015) 第 142904 号

西顿野生动物小说全集

泡泡野猪

著　　者 /[加] 欧·汤·西顿
译　　者 / 庞海丽
出 版 人 / 齐　郁
选题策划 / 朱万军
责任编辑 / 孙　婷　　田　璐
封面设计 / 西木 Simo
封面插画 / 西木 Simo
版式设计 / 炎黄艺术
内文插画 / 莫蝉瑜
法律顾问 / 刘　畅
出　　版 / 吉林出版集团股份有限公司
发　　行 / 吉林出版集团青少年书刊发行有限公司
地　　址 / 吉林省长春市人民大街 4646 号
邮政编码 / 130021
电　　话 / 0431–86037607
印　　刷 / 三河市燕春印务有限公司
版　　次 / 2015 年 7 月第 1 版
印　　次 / 2018 年 7 月第 4 次印刷
开　　本 / 880mm × 1230mm　1/32
印　　张 / 5.25
字　　数 / 75 千字
书　　号 / ISBN 978–7–5534–7920–0
定　　价 / 27.00 元

目 录

唐克拉山的熊王

一

　　西内华达山脉坐落在美国加利福尼亚州和内华达州的交界处，山上矗立着一座高高的岩石山峰，叫作唐克拉山峰。唐克拉山的山脚下是一片绿宝石般的湖泊——塔霍湖。放眼望去，山的周围到处都是动人的颜色和美景。如海洋般广阔的松林，对面是覆盖着白雪、巍峨壮观的沙斯塔山。无论你将目光投向哪里，映入眼帘的都是令人窒息的迷人风光。

　　猎人兰卡对眼前的美景却是视而不见，如今，他正骑在马背上，用锐利的目光扫视着四周。他只对追捕的猎物感兴趣，对他来说，周围的美景形同虚设。

对于像兰卡这样的猎人，追捕猎物才是最重要的。如果把时间花在欣赏眼前的美景上，那简直就是在浪费时间。因为，有时他甚至会同那些动物进行一场殊死搏斗。作为猎人，兰卡对自然界中的事物的感觉十分敏锐。他那双敏锐的眼睛绝对不会忽略自然界中任何一点儿小事，并且，他还具有立刻领会这些细小变化中所含意义的智慧。

兰卡在马上四处张望，很快，他就在有很多裂缝的花岗岩山峰上，发现了一些模糊的脚印。那些脚印很大，又细长，一边的幅度较宽，这种脚印很难辨认，就是用仪器来测也很难辨认出是什么动物留下来的，但兰卡仔细一看，立刻就断定这些脚印是熊留下来的。兰卡仔细地观察着，接着又发现了许多更小的脚印，那些小脚印和大脚印向同一方向走去。看来，应该是一只母熊带着两只小熊从这里经过。再仔细看那些脚印，兰卡发现，那些被踩过的草有的还倒着。

于是他马上断定，母熊和它的孩子们应该没走远，就在附近。

于是，兰卡一边在马上仔细地察看地面，一边追踪着熊的足迹。他的马也在用心地闻着熊的气味，小心地前进着。不久，马便在一个地方站住，再也不敢往前走了，从马表现出害怕的样子可以判定，熊就在附近的什么地方。

对面有一个小山坡，兰卡就在距离小山坡不远的地方下了马，他把马的缰绳垂放到地上，这个动作就是告诉马"站在这里别动"。

接着，兰卡拿着枪，登上了高处，他小心地向前走着。到了坡顶，兰卡更加谨慎了，因为，一旦惊动了熊，那可是十分危险的。又过了一会儿，兰卡终于发现了目标，他先看到了两只小熊，在它们的对面躺着它们的妈妈——一只年老的母灰熊。兰卡马上举起枪来，从这里要想瞄准五十米以外的母熊并不容易，但兰卡不管这些，他对着母熊的肩膀就扣动了扳机。这颗子弹并没有把母熊打死，母熊只受了点儿轻伤。

母熊受了惊，立刻跳了起来，马上朝兰卡的方向飞奔过来。一看这阵势，兰卡迅速地转身逃跑了。

现在，母熊距离兰卡有五十米，而兰卡距离他的马有十五米。

兰卡必须骑上马才能逃走。当兰卡骑上马背时，母熊也快到跟前了，兰卡和那匹马都十分紧张。母熊和马并排地跑出了一百多米，其间有几次差点儿就咬住了兰卡和他的马，好在兰卡和马都迅速地躲开了，母熊不能长距离快速地奔跑，因此，马便将它一点点地落下了，母熊只好放弃了继续追赶的念头。兰卡总算是捡了一条命。

死里逃生的兰卡并不甘心。他想，早晚有一天他会将那只母熊抓住。

过了一个星期左右，兰卡在深谷边上行走时，发现谷底有什么东西在动。他仔细一瞧，又是那只母熊和它的那两只小熊。

兰卡觉得这回机会来了，于是立刻便端起了猎枪。

母熊哪里知道，死神已降临到了自己的身边，现在，它刚刚在清澈的水边停下了脚步，正准备喝水呢，兰卡就扣动了扳机。随着一声枪响，母熊迅速转回身，用前腿拍打那两只小熊，将它们赶到了树上。这时，兰卡的第二发子弹又打出来了，母熊身上中了弹，立刻从山坡上滚下来，它发出沉重的呼吸声，跳起来向斜坡爬去，奔向站在山谷边的兰卡。兰卡又是一发子弹，正中它的头颅，可怜的母熊还没等爬上来就滚落了下去，惨死在谷底。

兰卡跟着也下到了谷底，又在母熊的身上补了一枪，之后，他重新装上子弹，返回了小熊的藏身之处，爬到了那棵树上。

两只小熊见兰卡越来越近了，只好往更高的地方爬去，可它们很快就无处可退了，于是便发出了呜呜的叫声，一只在伤心地抽鼻子，另一只则生气地吼叫了起来。但它们的抗议根本就没有用，兰卡把两只小熊一个一个捆绑好，拖到了树下。

刚到地上，其中一只小熊就带着绳索扑向了兰卡，它现在虽然比猫大不了多少，可它的力气却大得惊人，要不是兰卡手上还拿着一根棒子，击退了它，他可能就被这个小家伙给撞伤了。兰卡接着便把这两只小熊装进大布袋里，放到了马背上，驮回了家。

回到自己的小屋后，兰卡把这两只小熊从布袋里放了出来，给它们戴上了项圈，用锁链拴在了树桩上。刚开始的两三天，小熊们还不太习惯这种被拴起来的生活，什么都不吃。有几次还被拴着它们的链子缠住了脖子。后来也许是饿得受不了了，于是便喝了一点儿兰卡给它们准备的牛奶。

就这样，又过了一周，小熊们也就不再对抗了，毕竟，总是这么不吃不喝根本解决不了什么问题。它们只好接受了命运的安排，于是，再感到口渴或是肚子饿了时，它们就会叫唤起来，提醒兰卡过来喂它们吃喝。

二

猎人兰卡给这两只小熊分别取了名字，公的叫杰克，母的叫吉尔。吉尔的脾气十分暴躁，性子又急；杰克却乖巧得多，还会做出各种好玩的动作来逗人开心。

一个月后，杰克已经完全习惯了这里的生活。因此，兰卡试着给杰克解开了锁链。杰克并没有逃跑，而是像小狗一样跟在兰卡身后。因为它经常做出一些有趣的动作，所以兰卡的朋友们也都非常喜欢它。

兰卡居住的小屋旁边有一条小河，小河附近有一片草原。兰卡总到那片草原去割草，每次小熊杰克都跟着他一起去。兰卡割草的时候，杰克就在旁边玩儿。有时，杰克会坐在兰卡的上衣上，为他看衣服。

杰克非常喜欢吃蜂蜜，所以，每当兰卡发现蜂窝的时候，就会大声呼喊杰克："杰克，快看，这里有蜂蜜啊！"

于是，杰克便像圆球般跑到了兰卡身边。它高兴地抽动着鼻子，小心地靠近兰卡。它知道蜜蜂会蜇人，所以，在挖出地下的蜂巢之前，它都会先把蜜蜂打落在地，然后用力地踩死，接着才轻轻地扒开土，挖出蜂巢。

挖出一部分蜂巢后，杰克总是先将巢中的蜜蜂都赶出去弄死。等把里面所有的蜜蜂都杀死之后，杰克才将蜂巢全部挖出来。它先舔光里面的蜂蜜，然后吃掉巢中的幼虫和蜂蜡，最后，再把那些被它弄死的蜜蜂一只只地吃掉。

距离兰卡家两千米外，住着一个叫老罗的人和他的狗。老罗是兰卡的朋友，他曾经见过杰克采蜜的情形。

有一天，老罗来到了兰卡这里。他对兰卡说："兰卡，你把杰克带出来，我也想逗逗它，怎么样？"

反正闲着也没什么事儿，兰卡便答应了。他叫上杰克，跟着老罗走了。

老罗走在最前面，他来到了河畔，指了指那边的一棵大树说："杰克，快点儿过去呀，那里有你喜欢的蜂蜜啊！"

原来那里有一个马蜂窝，就像一个悬挂着的气球一样挂在树上。杰克歪着头向树上一看，就见树枝周围一些飞虫嗡嗡嗡地飞来飞去，好像是蜜蜂。不过，杰克以前可从来没有见过悬挂在那种地方的蜂窝。

杰克尽管有点儿怀疑，但还是爬到树上去了。兰卡和老罗都在下面看着，这时，兰卡不禁有点儿担心了，虽然杰克笨笨的，看起来很好玩，但让自己疼爱的小熊去冒这种危险，他毕竟有点儿不放心。

老罗却满不在乎地说道："哈哈，太好玩了，马上就要有有趣的事情发生了！"

杰克爬到树上，来到了那根有蜂巢的粗大枝干上，枝干下，河水正在慢慢地流淌着。

杰克开始小心翼翼地一点点靠近。它抽动着鼻子，以前它还从来没有闻到过这种味道的蜂蜜呢。杰克悄悄地接近了蜂巢，它想看得更清楚一些。

马蜂们一见杰克侵入了它们的地盘，开始生气地嗡嗡乱飞，小熊似乎有点儿担心，所以便向后退了一些。树下的两人看到这种情形，忍不住哈哈大笑起来。

老罗装出一副若无其事的样子继续诱惑杰克："快去呀！杰克，前面就是蜂蜜呀！"

但是，杰克却并不太相信老罗的话。它就在粗大的枝干上待着，一动也不动，等那些嗡嗡飞舞的蜂群全部进入了巢穴，一只蜂都没有了，它才仰起小鼻子，不断抽动着，小心翼翼地接近了树枝尖端，一点儿一点儿挪到了蜂巢的上方。接下来，它伸出了一只毛茸茸的前爪，堵住了蜂巢的出口，这样，马蜂就飞不出来了。

接着，杰克又伸出来另外一只前爪，然后，它用两只前爪一起抱住蜂巢，从树上跳入了河里。在水中，杰克用后腿把蜂巢抓了个支离破碎之后，便游回了岸上，被弄坏的蜂巢顺着河水流走了。杰克在河岸上奔跑着追逐破碎的蜂巢。蜂巢顺着河水漂流了一会儿，便在一个浅滩处搁浅了，杰克再次跳入水中，兴致勃勃地将它的猎物搬上岸来。杰克发现巢中并没有它想吃的那种蜂蜜，不免有些失望。不过，里面却有很多肥嫩的幼蜂。于是，它便大吃起来，一直吃到肚子胀得跟皮球一样。

老罗以为自己会看到小熊在树枝上被马蜂蜇的情形。没想到，杰克却用了这么聪明的一个办法，将美餐弄到了手。兰卡为自己小熊的聪明伶俐而感到十分高兴，他愉快地问老罗："怎么样，我的杰克非常聪明吧？"

老罗有点儿尴尬，他笑了笑："这回我倒是让你们看笑话了！"

三

过了一段时间，杰克就长大了，变成了一只十分健壮的熊。它有时会跟着兰卡去很远的地方。最近，兰卡有点儿担心杰克了，他担心猎人会把它错认作野生熊而打死。有个牧羊的朋友告诉他："不用担心，你只要给它戴一只耳环做个标志就可以了。"

于是，兰卡不管杰克喜不喜欢，愿不愿意，就给杰克的耳朵上开了两个洞，然后给它戴上了两只非常醒目的大耳环。杰克疯狂地挣扎，可兰卡却说："这是为了你好，忍一忍吧。"

可杰克却嫌这两个耳环累赘。它几次都想弄掉耳环，可挣扎了好几天都没有成功。直到有一天，它左边的耳环被树枝给钩住了，趁此机会，杰克使劲一拉，左耳环被扯了下来，挂在了树枝上。见杰克耳朵上只剩下了一只耳环，兰卡才将它右面的耳环也取了下来。

老罗家里养着羊和狗，杰克每次跟主人去老罗家时总会被他家的羊和狗欺负。因此，杰克最讨厌去老罗那里了。

可是，老罗的狗却非常喜欢跟杰克开玩笑。

它常常趁杰克不注意时，猛咬一口杰克的脚后跟，然后立刻就逃掉了。杰克又不会像狗那样迅速奔跑，所以，那只狗一向它靠近，它就立即逃到树上去了。

杰克十分讨厌那只杂种狗，所以，每当兰卡领着它去老罗家时，它都会找机会自己偷偷地溜回去。可就算这样也躲不开那只讨厌的狗——老罗有时也会领着它来兰卡家做客。

有一天，老罗又领着它的狗来了，两个男人坐在小屋前面聊天，狗又一次把杰克追到了树上。然后，它便趴在树下打起了瞌睡。杰克一开始躲在树上一动也不敢动，见狗睡着了，它便想到了一个好主意。

杰克先是悄悄地把自己的身体移到了狗的正上方。那只狗根本不知道自己马上就要倒霉了，还美美地在树底下躺着，而且，它睡觉时还不住地蹬着腿，嘴里不时发出呜呜的声音，或许，它在梦中还在追逐并欺负杰克吧。

小熊杰克俯视着树下的狗，瞄准了它，突然从树枝上"砰"地跳了下来。杰克的身体正好压在了那只杂种狗的身上，狗的骨头都差点儿被它给压断了，好像所有的空气都从它身体里被挤出来了，以至于它连"汪汪"的声音都发不出来了。它喘息了好一会儿，这才头昏脑涨、一声不吭地夹着尾巴逃跑了。

从此以后，老罗的这只狗再也不来兰卡的小屋了，也再也不敢欺负小熊了！

四

小熊杰克很受主人的宠爱，可以自由地去任何地方，所以，它的性格变得越发爽朗、有朝气了。

可母熊吉尔却一直沉默寡言，性情阴郁，因此总被锁链锁着。这样一来，吉尔也变得越来越沉默了。

有一天，兰卡出去办事，他不在家期间，吉尔不知怎么居然挣脱了锁链，然后，它和杰克一起跑到了兰卡的仓库，将那里搞得一片狼藉。它们先把那里储存的食物挑好吃的全给吃掉了。吃饱之后，它们又弄坏了装面粉和奶油的口袋，将面粉和奶油全都倒在了地板上，之后，它们就在满是面粉和奶油的地板上打起滚来。它们哪里知道，被它们破坏的那些东西可都是兰卡走了八十多千米的路让马给驮运回来的。

　　杰克正打算将剩下的最后一袋面粉的口袋弄坏，而吉尔也正要把炸金矿用的装炸药的箱子撬开时，仓库门口突然变暗了。小熊们扭头一看，发现主人兰卡回来了。兰卡看到了眼前的情景，真是又惊又气！两只小熊或许也明白自己闯下了大祸，吉尔马上皱着眉头，偷偷地退到了仓库的角落里，还在那里摆出了一种自卫的姿势，并用一种骇人的目光瞪着兰卡。

　　可调皮的杰克却歪着头，抽动着鼻子，发出高兴的叫声，然后不慌不忙地跑向了兰卡，还伸出两只黏糊糊的前腿让主人抱，看样子它好像已经完全忘记了自己的恶作剧。

　　兰卡本来是要大发雷霆的，可一看到杰克朝自己跑过来，还做出了这么可爱的动作，他的怒气就消去了一半。他冲着杰克大喊道："你这个小家伙！看我待会儿狠狠地收拾你一顿！"

话虽如此，可兰卡还是像平常一样抱起了眼前这只脏兮兮黏糊糊的小熊，并像以前一样跟它亲热起来。

按说，吉尔做的坏事并不比杰克多，杰克逃过了一劫，吉尔也理应免于惩罚，可事实却并非如此，吉尔不但受到了处罚，而且还再次被锁链给拴住了。

除了被弄得乱七八糟的仓房外，还有一件事影响了兰卡的心情。原来，他在回家的途中跌了一跤，把枪给弄坏了。

就在那天晚上，有个陌生人带着两匹装满了货物的马向兰卡请求借住一宿。等这个陌生人住下后，小熊杰克竟异常兴奋，它又跑又跳，还学着狗的动作逗兰卡和陌生人开心。

没想到，第二天早晨，陌生人临走时居然提出要买这两只小熊，他对兰卡说："我想买你的这两只小熊，一共给你二十五美元，你看怎么样？"

兰卡考虑了一会儿，他想到自己家里的食物已经都被小熊给糟蹋了，枪也坏了，而且现在自己身上也没有钱了。于是，他便跟陌生人讨价还价起来："每只二十五美元，一共五十美元。如果你肯出这个价，我就卖给你了。"

陌生人说："那好吧，我们一言为定了！"

说完，他掏出五十美元给了兰卡，两只小熊就这样被兰卡给卖掉了。

陌生人在马背的左右两边分别挂了两个筐，每个筐里各放了一只小熊，准备离开了。

吉尔一声不吭地待在筐里面，表情一点儿都不友善；而杰克则伤心得要命，不住地抽鼻子，还"呜呜"地叫个不停。兰卡听见杰克的叫声，心头一紧，差点儿就反悔了。不过转念一想，他现在急需用钱，于是装出一副若无其事的样子，自言自语地说道："哎，把它们卖掉也好，不然，我仓房里的粮食又要遭殃了。"

陌生人很快就消失在了森林里。

小熊们走后，兰卡马上觉得非常寂寞。他不停地安慰自己："唉，它们总算走了，我可以清静清静了！"

他收拾好乱糟糟的屋子后，又跑到仓房里忙活了一阵。最后，他总算闲下来了。但只要看到杰克睡觉时用的箱子，他就一点儿精神都提不起来了。后来，他又看到了杰克想要进小屋时抓挠过的门。如今那抓挠的痕迹还在，可小熊杰克却不在了。

一个钟头后，兰卡就像掉了魂似的，不知道自己想要干什么。一会儿摸摸这儿，一会儿看看那儿，最后，他终于忍不住了！兰卡抓起钱包，跳上了马，立刻去追那个买熊的男人。两个小时左右，他终于在河边追上了买熊的男人。

兰卡上气不接下气地喊道："喂，老兄，等一下，刚才的买卖我不想做了，我把钱全都退给您。也想请您把熊还给我。"

可那个男人却面无表情地说："我对刚才的交易倒是十分满意。"

"可是，我却后悔极了，我不要你的钱了。"兰卡说完，把那五十美元扔在了地上，然后就向小熊走去。听到主人的声音，杰克高兴地叫了起来。

"举起手来！"男人冷酷而生气地说道。

兰卡回头一看，那个男人手中的枪正闪着寒光。

　　兰卡说："朋友，我跟你商量一下，这只小熊可是我唯一的伙伴，我们在一起已经很长时间了，如果你把它带走了，我真的会难以忍受的。你要是真的喜欢熊，那么，我不要你的钱，吉尔就送给你了，但是请你把杰克给我留下吧！"

　　那男人根本就听不进去，他用很恐怖的声音威胁道："废什么话！你要是给我五百美元，我就把它还给你，否则，你就乖乖地走到那边的大树底下。把手举起来，不然我会开枪的，记住，不准回头，走吧！"他的声音听上去就像要杀人一样。

　　兰卡只好举起手来，任凭那个陌生男人把他心爱的小熊杰克带走了。

五

　　人的思维有时候非常奇怪，当他喜欢一件东西时，想方设法也要把它弄到手，可到手了之后，他却一点儿都不知道珍惜，甚至都不想要了。那个把杰克和吉尔买到手的男人，当他刚把这两只小熊弄到手时，他觉得，虽然花了很多钱，却也值得！但短短的一段时间之后，他就开始讨厌这两只小熊了，不仅仅是讨厌，他甚至都想把它们以一半的价格卖掉；后来，他觉得给四分之一的价格也可以接受；到最后，他干脆就白白地送给了别人。送给谁了呢？原来，他把这两只小熊送给了贝尔克罗斯一个牧场的主人，当然，他也不是空手而归，他很轻松地用两只小熊换了一匹马，而杰克和吉尔在他家也就待了一个星期而已。

杰克和吉尔刚到这个新的牧场时，牧场主先把它们从筐中取出来，此时的杰克十分老实，随他怎么摆弄。

可坏脾气的吉尔却很不听话，就在新主人给它戴项圈的时候，它一把抓住了牧场主，将他的手腕拧成了重伤，而吉尔也因此葬送了性命——牧场主当时就把它给杀掉了。之后的两个星期里，牧场主不得不把布挂在脖子上吊起受伤的手腕。

至于杰克，它来到这里后就再也没能得到自由，它被人用锁链拴在院子里的木桩上，每天只能形单影只地在牧场的院子里走来走去。

这样的日子过得太没意思了。每一天都在重复相同的事情——杰克只能在锁链所及的范围内走动，或者在木桩周围绕来绕去。

一周、两周……一个月、两个月……时光流逝，转眼间，十八个月过去了，可是，杰克每一天都没有任何乐趣可言，它的日子十分单调。以前，杰克还会做很多可爱的动作来逗人们开心，可自从来到这里，它已经不会或是忘记表演了。

近处的松林，远处的山冈，还有近在咫尺的牧场小屋，对于杰克来说都是可望而不可即的，它的活动范围一直被限定在直径不到七米的距离内。自然界中很多美丽的东西都仿佛与它无关。杰克唯一变化的，就是身体，它的身体不断地长大，它睡过的地方也被更换了好几次。先是装奶油的木桶，接着是装钉子的桶，再下来是装面粉的木桶，再就是油桶，它睡的桶一次比一次大，现在，它住在一个曾装满啤酒的啤酒桶里，这个啤酒桶就跟一个大的洞穴一样。

杰克忘掉了以前所有可爱的把戏，它现在唯一会做的滑稽动作，就是打开瓶盖喝啤酒给别人看。

这个牧场还经营着一家旅馆，经常会有一些品质不太好的男人到旅馆住宿，这些醉汉们为了找乐子，经常会带一整瓶的啤酒给杰克喝。而他们之所以要给杰克喝酒，就是想看一看它开酒瓶时的动作。

杰克接过酒瓶时，总是先一屁股坐在地上，用两只前掌举起啤酒瓶，"砰"的一声将木塞拔了出来。然后，它便将酒瓶放到嘴里，一口气将它喝完。

那些无聊的男人看完后觉得很有意思，接下来，他们又想出了一个更有趣的把戏，即让狗和杰克打斗，看谁更厉害。他们怂恿自己带来的狗发动进攻，那些狗见背后有人撑腰，便不知好歹地吼叫着猛扑过来，杰克毫不畏惧，迅猛地跳过去准备迎战。

刚开始，它一往外扑，就会被拉直的锁链给拖住，而狗就会抓住了这个机会，从它后面猛扑上来。杰克吃了很多次亏。后来，杰克便学聪明了，不再蛮干了。

当狗再找碴儿打架时，杰克就会靠着大桶慢慢地坐下来，静静地看着那些冲它汪汪大叫的狗群，表现出一副对它们毫无兴趣的样子。那些狗气焰更加嚣张了。等这群毫不知情的狗慢慢靠近它时，杰克一下子跳起来迅速扑向了狗群，它们很快就被打散了。就在这群狗仓皇逃跑之时，难免会相互碰撞，这样，有的狗想溜都溜不掉了。于是，杰克便趁着混乱，随手抓起哪只没逃掉的狗，痛痛快快地打了起来。这样一来，不断有狗被它杀死，于是，男人们也就不怎么带他们的狗来和杰克打架了。

在此期间，小熊杰克让两个欺负它的男人遭了殃。其中，一个男人被它打成了重伤；另外一个男人，当时喝了点儿酒，一个劲儿叫嚣着要同杰克打一架，结果却被杰克打了个半死。于是，杰克便被人们看作一只性格暴躁、可怕的熊。可是，有一天，一件让人意想不到的事情发生了。

一天晚上，一个叫费科的牧羊人在酒吧里喝了很多酒，同他一起来喝酒的男人们很不高兴，就把费科给赶出去了，费科踉踉跄跄地从酒吧里逃了出来，径直来到院子里。跟他一起来的男人们也摇摇晃晃地出了酒吧，可是却不见了费科的身影，醉鬼们以为费科可能是掉到后面的河里淹死了，于是便返回了酒吧。

第二天早上，旅馆的厨师起来工作时，听到院子里有人说话："喂，往那边靠靠，太挤了！"厨师顺着声音走过去，发现那个声音居然是从杰克所住的大木桶里发出来的，并且，那个大桶里还伸出了一只人的胳膊，杰克的"呜呜"声同时也传了出来。厨师吓坏了，原来费科并没有掉河里，而是跟熊在一起睡了一宿！于是，他赶紧通知大家，想把费科叫起来，杰克被惊醒了，它瞪视着人们，不让他们过去，嘴里还发出"呜呜"的叫声，那样子就像是和周围的人争抢这个醉酒后和它睡在一起的男人。

人群这么一吵，费科也醒来了，看着眼前的庞然大物，他吓得发起抖来，现在，杰克已经到了桶外，似乎在看守他呢。费科慢慢地站起身来，悄悄地跨过这只熊的身体，小心翼翼地来到了外面，随后，他便头也不回，一溜烟儿地逃走了。

六

杰克的主人可不想总这么白白养着杰克，他想从它的身上赚一些钱来。美国的独立纪念日——7月4日就要到了，杰克的主人也想出了一个赚钱的好办法，他对外宣布："为了庆祝美国独立，在纪念日当天，我们要举行一场大赛，将由世界上最强壮的牛和最凶猛的熊为大家表演决斗！"

　　这个消息马上就在人群中传播开了，于是，到了那一天，便有很多客人从加利福尼亚州的各个地方聚集了过来。

　　在喂养杰克的牧场，所有可以观赏表演的地方都要收费。牧场准备了很多载货车，上面铺着干草，那里的视线最清楚了，所以凡是坐那里的客人，每人要上交一美元。

　　牧场主还在马厩的屋顶、仓房的顶上安排了座位，坐在那里的人每人收取五美分。此前，牧场主早已将旧的栅栏和不够坚固的木桩粉刷一新，看上去真像一个正式的竞技场呢。比赛那天早上，人们挑选了一头看上去最强壮的公牛，使劲地逗弄它，公牛被激得怒气冲冲。牧场主认为杰克绝对打不过公牛，就算它不被公牛弄死也一定会被它打成重伤。他担心杰克会逃走，于是便给杰克套上套锁，之后，把它的四条腿给捆住了。这才解下杰克脖子上的锁链和项圈，将它塞进大桶里，盖上盖子。为了防止桶盖打开，还在桶的外面钉上了钉子。

　　最后，他把装着杰克的木桶推到了竞技场的入口。

那些前来观看公牛与灰熊之战的人们，都下了赌注，赌哪一方会获胜。

前来观看比赛的人还真不少，有打扮得像孔雀般花哨的加州牧人，还有农夫和一些牧场老板，淘金的工人也暂时放下了手头的工作，就连放羊的墨西哥人和城里的商人也都赶来观看比赛。戴牛仔帽的一位牛仔把宝押在了公牛一方，他认为，什么动物都敌不过强壮的公牛，放养的公牛绝对是力大无比的。不过，一位曾遇到过灰熊的山里男人却朝他泼起了冷水。他说："一看你就是外行，公牛怎么能敌得过灰熊！我就曾亲眼见过灰熊斗一匹大马，把马打得逃到远远的河对岸去了。公牛绝对不会赢的！"

观看比赛的人们纷纷拿出钱来下注。等一切都准备停当后，牧场主大喊一声："现在，比赛正式开始！"

听到号令声，一位名叫彼得的牛仔马上在公牛的尾巴上系了一捆荆棘，公牛一摇尾巴，荆棘一下子就拍打在公牛身上，公牛生气极了，愤怒到了极点。

这时候，人们又开始咕噜咕噜地滚动起装有杰克的木桶，里面的熊也被他们激怒了。接着，牧场主便叫人在栅栏旁把桶盖撬开。尽管杰克非常生气，但大桶盖子打开了，它却不想出来了。原来，外面聚集了那么多人，吵吵嚷嚷的，似乎有点儿不对劲儿，它不知道该怎么办才好，于是便索性待在木桶里不出来了。

见此情形，押了公牛赢的人们以为杰克不敢出来了，便开始起哄。

听到人们的叫喊声，公牛更生气了。它径直跑到了大桶旁边，它一接近木桶，就发现里面还有一只大熊，于是便"哞——"的一声，突然转身逃开了，一下子就跑到了广场对面。这时，替杰克加油的人们又开始嘲笑起公牛来。

尽管公牛跑开了，杰克还是没从大桶里走出来。

观看比赛的人实在忍不住了，他们大声嚷嚷着："快叫它们打呀！"于是，彼得拿出一支独立纪念日用的烟火，点燃了，塞进了杰克待着的木桶里。

只听噼噼啪啪一阵响，烟火爆炸开了。

杰克吓了一大跳，很快就从木桶里逃出来了。此时，公牛正威风凛凛地站在竞技场的中央，当看到杰克朝着自己这边飞奔过来时，还以为是要攻击自己呢，于是心里一慌，飞快地狂奔到木栅栏那边的角落里。

观众们以为它们要开始打斗了，于是便集体起立，拍手助威。

灰熊看起来似乎很笨拙，但它们却有两种特别的习性：第一，很快就会拿定主意，反应极为迅速；第二，一旦拿定主意，便会马上采取行动。

现在，杰克头脑中已经想好了一个计策，这个想法在公牛还没有退到木栅栏的时候就想出来了。就见它两只眼睛转了转，便在木栅栏周围找到了一个最容易爬上去的地方，那是一根钉在木栅栏上的横木。

这时，意想不到的事情发生了——杰克只用了三秒钟左右的时间就跑到了横木前，又用了不到两秒的时间越过了横木，并用一秒钟的时间向观众席跑去。

见杰克来势汹汹地冲来，观众们立刻四散而逃，人们的尖叫声以及一些狗的吠叫声都夹杂在一起，大家不约而同地向马棚跑去，可是，马棚里现在已经没有马了。

原来，为了避免比赛时马受惊，牧场主提前把客人们骑来的马都赶到了远离竞技场的地方拴好了。于是，杰克趁着大家慌乱之际，目标明确地奔向了山冈。当它跑出一段距离后，一大群人和马大吵大嚷地朝它追来。

杰克很快就跑到了小河边，一下子跳进了水里。水流湍急，那些狗闻着味道追到了河边，可它们都不敢跳进这么湍急的河水里。杰克一刻也不敢停留，一直游到了对岸，接着，它穿过了高低不平的山路，又越过了层层山冈，然后朝对面的松树林里跑去。

进入山中后，杰克不断向上攀登，那种被人和狗欺负、被锁链锁住的生活瞬间成了遥远的回忆，都与它无关了。

7月4日是美国的独立纪念日，没想到，这一天却也成了灰熊杰克独立生活的纪念日了。

七

从出生到现在，杰克还从来没有真正独立地在大自然中生活过。

但是，一种与生俱来的生存本能却在不断地引导着杰克。它在灌木丛中行走时，本能会告诉它哪些植物是可以吃的；为了躲避猎人的追击，它继续往山的更高处逃去。

下午的阳光热烘烘地烘烤着大地，杰克稍微休息了一会儿后又上路了。天渐渐地黑了，但灰熊才不怕黑暗呢。本能的力量驱使着它，使它能躲避危险。杰克就这样边休息、边觅食、边行走，最后，终于来到了这座山的最高峰，也就是它出生的地方——唐克拉山附近。

杰克凭借着本能，重新回到了故乡。对于自己眼前见到的东西它都不太记得了，但是，它们的气味它却记得很清楚。

杰克回到了唐克拉山以后，每天尽吃些草根、野草莓之类的东西，很久都没有吃到肉，所以对肉有点儿馋，对肉的味道也特别敏感。

一天夜里，晚风送来了羊的气味。杰克决定要把握好这次机会！好不容易挨到了天黑，杰克这才循着气味往山下走。它越过松林，走下岩石林立的山谷，在昏暗的山谷中，有微弱的火光时隐时现。杰克以前在牧场时曾经见过，知道那火光是人们燃起的篝火。

杰克蹑手蹑脚地走下山来，走到能够清楚地看到山谷的地方，仔细一瞧，篝火旁边，狗和人正在睡觉。越往前走，羊的味道就越浓烈。真奇怪呀，杰克可是连一只羊的影子都没看到。谷底只有一池灰色的水，水面上映衬着夜晚亮闪闪的星星，但却听不到一点儿水流动的声音。

杰克靠近了再仔细一瞧，哪里是什么水呀，原来是白色的羊群，看上去像星光的东西就是羊的眼睛！好吃的羊肉就在眼前了，杰克顾不上危险，踩踏着矮树，直接奔到了羊群里。羊"咩咩"地叫着，四散而逃。听到羊叫声，狗和人都立刻跳了起来，牧羊人赶快开枪，狗也狂叫着，但是，就在枪声响起之时，杰克已经叼着一只羊跑得无影无踪了。

杰克第一次吃到了羊肉，不用说，这顿饭可称得上是最好的美味了。从那以后，每当嘴馋了想吃羊肉的时候，杰克就会下山来，它的鼻子自然会指引它找到想吃的美味。

佩德是一个牧羊人，可他却不喜欢羊，不过，由于放羊是他的工作，所以他不得不做。对他来说，羊不过是能够变成钱的东西而已。

每天放羊回来，佩德都要清点一遍羊的数量，就像商人点货、数钱一样。不过，他放牧的羊可是有三千多只呢，所以数起来相当麻烦。有时候难免数错。

于是，他便想出了一个好办法，就是给每一百只白羊里配上一只黑羊，每天下来，黑羊只要数够三十只就可以了。

一开始，杰克只杀死了一只羊，第二次又杀死了两只，第三次杀死了一只。不过，由于被它杀死的这些羊都是白羊，因此，佩德还不知道有羊被杀死呢。可是，很不巧，杰克第四次来时却杀死了一只黑羊。这样，佩德很快就发现少了一只黑羊，只剩下二十九只了。他大吃一惊，按他的算法，一只黑羊顶一百只白羊，丢了一只黑羊，就相当于一百只白羊都不见了！这还了得？他惊慌失措地大叫道："不好了，我有一百只羊被杀死了！"

牧羊人都有一个习惯，就是一旦觉得自己放牧的土地不好，就会换一个地方来牧羊。佩德猜测，自己牧羊的地方一定是有什么动物在偷吃羊。于是，他就把羊赶到了别的地方，并且在口袋里塞满了小石块。

傍晚时分，他赶着羊群来到了一个谷底，那里就像一个天然的牧场，周围一圈儿都是高高的悬崖。这个地方非常适合和羊一起过夜，有悬崖挡着，羊群也逃不出他的视线。因此，佩德将羊群赶入山谷后，又在山谷的入口处生起火来。

那一天，羊群被佩德赶着走了十五千米。对于羊来说，这样的距离已经是很远的了。

对于灰熊来说，这种距离却只需花上两个小时就走到了。虽然看不清十五千米外的羊群，但是凭着自己灵敏的嗅觉，灰熊就能准确地判断出羊群到底在哪里。

该吃晚餐了，杰克肚子比平时显得更饿了，所以，它就嗅着羊群的气味一路跟了过来。

佩德将羊群赶入山谷后，就在篝火边吃了晚餐，然后就安心地睡下了。睡梦中，他被狗的叫声惊醒了，睁眼向对面一看，不由得大吃了一惊，就见面前站着一只身高至少九米的大怪熊！狗吓得立刻就逃跑了，它的主人佩德更是吓得要命，他连动都没敢动，就那么一直趴在地上，双手抱头瑟瑟发抖。

其实他根本就没看清眼前的怪熊。他所看到的只不过是这只大熊映在后面悬崖上的巨大的身影。

过了一会儿，他才战战兢兢地抬起头来。这时，他发现，那个九米高的大熊已经不见了。

随后，就听羊群中传来一阵嘈杂的声音，佩德就那么一动不动、呆呆地望着一只普通大小的熊在追赶羊群。因为，他还以为这只熊是刚才那只大怪熊的孩子呢。

八

第二天早上，佩德才去找逃掉的羊。

找之前，他先清点了一下黑羊的数量，发现又少了两只，但是按佩德的算法，一只黑羊相当于一百只羊，所以，他还以为那只大怪熊一转眼就吃光了他的二百只羊呢。

他沿着羊的脚印走了好几千米的荒地，到达了一个像口袋一样的小山谷，这才发现，那些丢失的羊全都站在高高的岩石或圆石头上。

佩德见羊居然还都活着，非常高兴，就想把它们赶下来。可是，不管他怎么呼喊、发出多大的声音，那些羊就是不肯下来。于是，他便爬上那些岩石，将登上高处的羊拉了下来，可这些羊一走到山谷的入口处，就像害怕什么似的立刻又跑到了高处。

这究竟是怎么回事呢？佩德仔细地检查了一下四周，这才发现，原来谷底有熊走过的脚印。那些羊正是因为看到了熊的脚印，又闻到了它留下的气息，所以才会害怕地退回到了山顶。原来那个山谷里还剩很多羊，佩德担心它们再遇到什么危险，于是决定放弃山顶那四五只羊，自己赶紧回去，再守着山谷的羊群过夜。可是，经过昨晚的惊吓，他再也不敢在篝火旁边睡觉了，所以他决定搭一个五米左右的高台，睡在高台上面。因为狗喜欢睡在温暖的地方，所以它依然在篝火旁睡下了。

深夜时分，佩德被冻醒了，浑身上下冻得瑟瑟发抖。此时的他非常羡慕那只睡在篝火旁边的狗，可是又害怕大怪熊再次拜访，所以一直不敢从高台上下来。这样一来，他整晚都没有睡踏实。

天快亮的时候，睡在篝火旁的狗突然跳起来狂叫，不久便呜呜地哽咽着，逃跑了。羊群也开始骚动起来，害怕似的后退。那个大怪熊巨大的黑影又一次出现在了佩德面前。佩德习惯性地握紧了枪，可他冷静下来一想，那大怪熊有九米高，自己所登上的高台有五米左右。一且开枪，不就暴露自己了吗？如果遭到怪熊的袭击，自己立刻就会被它吃掉的。所以，绝对不能拿自己的性命开玩笑，绝对不能开枪。于是，他赶紧收起了枪，一动不动地趴在高台上，嘴里还在一个劲儿地小声祈祷着："上帝啊，虽然我以前做过很多坏事，但请您原谅我吧！千万不要让大怪熊把我给吃掉啊。"

好不容易才挨到了天亮。佩德再次清点黑羊的数目，结果发现，地面上虽然有熊的脚印，可是黑羊的数目并没有减少。于是，他认为是自己的祷告起了作用，这才松了口气。他捡了一些石块装在自己的口袋里，一边用石块打羊，一边将羊群赶出了山谷。

这时，那只狗不知道从哪个地方跑回来了，开始和佩德一道前进。而佩德却不断地拿石头去砸那只狗，并大叫道："你这贪生怕死的家伙，快去赶羊！不许偷懒！"

佩德赶着羊一路往前走，到了一块平地，就见附近高高的岩石上坐着一个男人。男人看到他，便朝他招了招手。佩德走近了一看，竟然是猎人兰卡。这个兰卡就是当年抚养小熊杰克的那个人。两个人见了面都很高兴，于是坐下聊起天来，他们谈到了羊毛的价格、公牛和熊的比赛没有成功，也谈到了佩德的羊群被大怪熊袭击等事情。

佩德心有余悸地说道："我从来就没有见过那么大的熊，哎哟，它简直跟恶魔一样可怕！"

猎人兰卡听到这里，便跟他打听起详细的情况来。佩德的讲述便不免夸张起来，他说那是一只像魔鬼一样的大熊，一个晚上就吃掉了他的两百只羊！那家伙竟然有九米高，而且非常奸诈狡猾，它还把口袋谷当作了自己的粮仓。

兰卡最初还瞪大了眼睛仔细听着，听了一会儿，他便问道："佩德先生，我怎么感觉你是在说梦话呢？"

佩德很不高兴地说道："我骗你干什么？不信的话，我们可以打赌。"说完便从身上的皮口袋里拿出一个装有金沙的瓶子，接着说道，"为了证明我没有撒谎，我们就拿这些金沙做赌注吧！如果我刚才说了假话，那么，这一瓶子的金沙就归你了。"

兰卡想了一会儿，说道："我现在没有可以拿来做赌注的钱。这样吧，假如我把那只大熊给打死了，你就把这瓶金沙给我，怎么样？"

"好啊，就这么定了。最好你能把那些可怜的羊也
都给我带回来，不然，它们都会饿死在口袋谷的。"

"一言为定！"兰卡答应下来。

两个人就这么说定了。

佩德相信，只要兰卡做出了这个承诺，无论有没有
钱他都会想方设法追杀大熊，不管遇到什么困难他也都
不会放弃。如果只用少量的金沙就能请他杀掉大熊，保
证他的羊群安全，那他还是很划算的。

就这样，兰卡开始追猎起自己抚养的小熊杰克。杰
克和兰卡以前的关系尽管很亲密，可是现在，兰卡并不
知道杰克变成一只成年的灰熊了，更不知道佩德所说的
大怪熊、自己今后要猎捕的灰熊就是杰克。

九

兰卡很快就来到了口袋谷。没多久，他就看到几只
羊站在岩石上。在山谷的入口处，兰卡还找到了两只刚
被吃掉的羊的残骸，附近还有很多熊的脚印。可是，这
些脚印都是中等大小，兰卡并没有发现佩德所说的那只

大怪熊的脚印。

　　兰卡试着拽一只羊下来，可那只羊立刻又爬回了高处。兰卡好不容易才拉下了一只羊，然后他又爬到了岩石上。现在他已经想出了一个好办法，他割了些荆棘做成围栏，把那些羊一只只地从岩石上拉下来圈入了荆棘做成的围栏中，岩石上只留下了一只羊，最后再堵住口袋谷的入口。将围栏中的羊放出来后，兰卡将它们赶回了佩德那里。于是，佩德高兴地给了他一半的金沙。

　　当天晚上，两个人一起宿营，可是那只熊并没有出现。

　　第二天早上，兰卡返回了口袋谷，就如他所预料的那样，留在那里的那只羊果然被熊给吃掉了。他推断，那只熊肯定还会回来吃剩余部分的。于是，他就在熊经过的路上撒了些干燥的小树枝，又在附近挑选了一棵五米高的树，在树上搭了个平台。他把毛毯铺在了台子上，黄昏后便爬到了这个平台上，裹着毛毯睡下了。

　　根据以往的经验，兰卡推断，一只年老的熊肯定不会一连三个晚上都到同一个地方去；如果是一只狡猾的熊，它也不会返回去吃剩下的猎物，因为猎人会在猎物的剩余部分下毒，或在附近设置圈套；如果是一只经验老到的熊，当它看到以前走过的地面上出现了与上次不一样的东西，那么它肯定会掉头往回走的。可是，灰熊杰克并不大，也不狡猾，经验也不老到，所以，到了晚上，它还是一如既往，大大咧咧地回来吃剩下的猎物——这已经是它第四次到这个山谷里来了。

杰克向那个散发着美味的地方走去，尽管它还闻到了人的味道，可是却没有放在心上。只听"咔嚓"一声，杰克踩在了一个干枯的小树枝上。

听到声音，兰卡马上从台上坐起来，他端起了随身携带的枪，目不转睛地盯着那个越来越近的黑影。"咔嚓咔嚓"，小树枝被踩断的声音不断地传过来，不一会儿，那个巨大的黑影就来到了羊的尸骸附近。

兰卡抓住机会扣动了扳机，中弹后的杰克发出了一阵急促的呼吸声，然后便转身逃进了树林深处，很快就消失在了夜色中，偶尔还能听到它撞到树木发出的声音。

灰熊杰克生平第一次中枪，而向它开枪的人竟是当年抚养过它的兰卡，但此时的杰克和兰卡彼此并不知道这件事。子弹深深地穿过了杰克的脊背，它又疼又气，一路吼叫着奔跑着。跑了一个多小时后，杰克躺下来想舔舔自己的伤口，却舔不到，只好把伤口靠在树干上摩擦。

摩擦了半天，杰克站起身来接着朝前走，一直走到了唐克拉山。它钻进一个洞穴，便躺了下来。现在，杰克背上的伤口一跳一跳地疼，它实在是忍受不了了，疼得在地上直打滚。

不知道过了多久，天亮了，太阳高高地升起来了，杰克却还在洞中忍受着痛苦。没过多久，杰克忽然闻到了一股烟火的味道。这味道越来越浓，不一会儿工夫，浓烈的烟雾就涌到了杰克身边，它呼吸困难，都快睁不开眼睛了。而外面的烟还在不停地涌入洞里，杰克不时地变换位置，一点点向洞穴深处移动，最后，它从别的洞口跑出去了。

这个洞口离原来的入口非常远。出来后，杰克回头一看，发现原来的入口处有个人，正在往火堆里添木片呢，而且他还不断地往洞穴里面扇着浓烟。杰克嗅了嗅风吹来的味道，终于明白，那个人就是昨晚向自己开枪的人。

杰克开始往远处跑。可那些烟火并没有因为它跑远而熄灭，大约两个小时后，四周也变得浓烟滚滚了。而且，不断有鹿、兔子还有小鸟跑来，它们经过了杰克的身边，拼命地向前奔跑。这时，隐约又传来了狗的声音，杰克便也跟在那些拼命奔跑者的队伍里奔跑起来。

这时，空气中传来了一阵轰隆隆的响声，那声音越来越大，越来越近。

四周传来树木噼里啪啦的燃烧声，红色的火焰熊熊燃烧起来。整个森林都着火了。是山火！在风的扇动下，火势迅速地蔓延开来。

热风不断从杰克的身后吹了过来，就像是在追赶它一样，杰克哪里见过这种阵势，它感到非常害怕。本能告诉它，赶快跑吧，不跑的话就没命了。它就这样没命地奔跑着。

它的周围一片火海，很多小鸟、野兔还有鹿都被火烧到了。很多小动物因为跑慢了一步而被烧伤了。在燃烧的灌木丛里穿行时，杰克身上的皮毛也被火烧焦了。这样一来，倒是让它忘了身体受伤这回事儿。

十

　　杰克被大火追逐着，不停地在森林中奔跑，它的眼睛被烟熏得什么东西都看不清了，也不知前面是什么方向，就见树越来越少，不一会儿，它就跑下了河堤，跳入了水池中。它的身上还带着火，跳进水里后，身上便发出了火苗熄灭时的嗞嗞声。杰克潜入河中大口大口地喝着水，喝够了又露出头来大口地呼吸着空气。在水中待着真是太舒服了！这时，森林里喷出来的火焰和热风疯狂地向水面上袭来，偶尔还有火星落到水面上。

　　其他动物也都接连不断地跳进水里，有的整个身体都烧焦了，刚到了水边便精疲力竭地死掉了，也有的动物奄奄一息。小一点儿的动物就趴伏在岸边，大一点儿的动物都进入了河中央。杰克再一次将头伸出水面时，竟然闻到了一种熟悉的味道，这种味道太熟悉了，就算整个森林都燃烧起来，它也不会忘记这种味道的。不用说，这种味道就是打伤它的猎人身上的味道，没错，就是这种味道。但杰克却并不知道，这场大火就是这个人引起的，他点燃了篝火，想把杰克从洞中驱赶出来或者把它熏死，恰恰就是这堆篝火引发了森林大火。

杰克急忙环视四周。此时，在距离杰克三米左右的水面上，有个人刚好伸出头来看着杰克这边。人和熊就这么对望着。不过，燃烧的空气热得让他们实在无法忍耐，那个人和杰克便又一起潜入了水中。

大约过了三十秒后，当杰克再次伸出头时，那人也把头露出了水面。这时，他们之间的距离比刚才又远了一些，双方都稍微松了口气。

火焰发出了暴风雨般的声音，一棵很大的松树倒向水池中，差一点儿打中兰卡。

松树带着一股热气倒向了兰卡这边！兰卡不得不向杰克这边靠近了一些；另外一棵松树将一只狼压死后，倒在了前面的那棵松树上。两棵树迅速地燃烧了起来，杰克也不得不向兰卡那边靠近了一些。现在，人和熊彼此间已经近到了伸手就能够到对方的程度，因此双方都相互提防着。

兰卡那支不中用的枪早已被他丢在了岸边，现在，他手里只有一把刀了。他就一直握着那把刀保护自己。不过，他的担心根本就是多余的，火势太大了，炙烤得令人难以忍受，熊和人都不得不每隔几分钟就把头埋到水里待上一会儿，哪还有时间和心思跟对方格斗呢？就这样，一个多小时后，森林中的火势终于渐渐减弱了，温度也不像刚才那样难以忍受了，现在勉强可以离开水中了。杰克首先从水里跑了出来，跑入了焦黑的森林中。它后背上流出的鲜血染红了整个水池。看到它后背上的伤口，兰卡才知道，它就是自己昨晚在山谷中打伤的大熊。

等杰克一离去，兰卡也从另一边上了岸，熊和男人各自朝着不同的方向跑去。

这场大火将唐克拉山西侧的森林整个都烧毁了。

兰卡原来只是想把熊从洞里熏出来，这才点了火，没想到他自己也因此倒了大霉，他那位于大山西侧的小屋也被烧毁了，只好在山的东侧又新建了一个小屋并搬了过去。

不用说，在大山西边生活的那些野兔、鹿还有雷鸟等大大小小的动物们也都搬到了山的东侧，杰克当然也不例外！现在，它后背上的伤好多了，但它却永远记住了枪的气味，那是一种危险的味道。

有一天，杰克正在山坡上走着，忽然嗅到了人的气味。一群雷鸟离开它走的那条路，慢慢悠悠地飞向了矮树丛中，这时，就听"砰"的一声枪响，一只鸟扑棱棱地落在了杰克旁边。杰克往前走了一步，准备闻闻雷鸟的味道，这时，从对面的灌木丛中跑过来一个人，他们只隔着三米远的距离，熊和人一眼就认出了对方。

兰卡一眼就认出了他面前站着的就是那只毛皮被烧焦、脊背上带有伤痕的大灰熊——它的伤疤是他在山谷中给它留下来的；杰克也从那人身上的味道和他所携带的枪的味道上判断出，这个人就是那晚向它开枪的人。

杰克反应很快，它忽地一下站了起来。

兰卡吓了一跳，他一看苗头不对，赶紧转身就逃。可是惊慌之中却被地上的树枝给绊了一下，一下子摔倒在了地上，于是，他赶紧将脸紧贴着地面，装出了一副死人样，一动不动地趴在了那里。

杰克举起前腿，想把眼前这个男人狠狠地揍上一顿，可就在这时，一股久违的味道钻进了它鼻子里，那是一种它很在意的味道，是一种很久以前它所熟悉的味道，这种味道实在是令人怀念啊！它想起了自己小时候在兰卡小屋里生活的情形。

接下来，杰克所有的愤怒一下子烟消云散了，它迅速改变了主意，马上转过身去，碰也没碰倒下的男人，很快就离开了。

而兰卡却不知道是杰克放过了他，他还以为是自己聪明地倒在地上装死才骗过了灰熊呢。等杰克走后，他悄悄地抬起头环顾四周，确认熊真的离开后，他才站起身来，并紧紧地握住了枪。

十一

兰卡叫上了朋友老罗，继续追捕着杰克。老罗还带上了他那只黄色的杂种狗，杂种狗非常善于追踪动物的脚印。

兰卡和老罗准备好露营的用具和粮食后，便到了山里。没过多久，他们便弄清了住在那一带的动物情况。那里有很多鹿，还有少量的熊。

兰卡沿着湖岸找到了熊的脚印，他对老罗说："没错，就是它的脚印。"

"佩德不是说那家伙有九米高吗？"老罗兴致勃勃

地说道。

"佩德看到的估计是那只熊晚上映在山上的影子，实际上没有那么夸张，它要是站起来的话顶多有两米。"

"那么，就让狗去追吧！"

过了一会儿，狗发出了奇怪的叫声。兰卡和老罗一面从后面追上去，一面对狗大声地喊叫道："哎，别跑那么快，等等我们！"他们这样大吵大闹地前进，杰克在一千米外就听到了他们的声音。

杰克当时正在附近的山上，听到狗和人的叫嚷声，它沿着自己的脚印往回走，想看看后面到底发生了什么，这时，微风送来了狗和人的气味。杰克使劲地抽了抽鼻子，发现风中有两种味道——一种是让它感觉亲切的气息；另外一种是使它生厌的人和狗的气味。

杰克原本早已忘记了从前欺负过它的黄狗和狗的主人了，可现在一嗅到这气味，杰克马上记起了过去的一切，于是，它马上做了一个决定——反过来追赶那三个跟着它的人和狗。杰克很快就追上了他们，并在他们后面稍稍保持着一定的距离。别看杰克个头儿很大，但它的脚落地时却一点儿声音都没有发出来。

跑在前面的人和狗根本就没意识到身后跟着一只大熊。可是没过多久，风向变了，狗马上就闻到了后面熊的味道。于是它突然站住了，并立刻狂叫着转过身来往回跑。

见此情形，两个猎人非常吃惊。老罗狂叫道："哎呀，这到底怎么了？简直是莫名其妙！"

"肯定是狗发现熊了。不会错的，肯定是狗发现熊了！"兰卡说完这句话时，狗已经不知跑到哪里去了。

杰克听到了狗叫声，知道它是冲着自己跑来的。小时候，自己常被这只杂种狗欺负，它身上有一种令杰克讨厌的气味。此刻，杰克再次闻到那种令它生气的味道，便立刻藏到了丛林后面。

不一会儿，那只杂种狗就跑近了，在它刚想通过树丛时，杰克突然从树丛里冲了出来，一下子就把这只狗压在了身子底下。几年前，它也用过同样的招数，不过，跟以前不同的是，现在的杰克已经长成一只大熊了，它的体重比过去不知道重了多少倍。狗被杰克这么一压，马上就一命呜呼了。

于是，四周突然安静了下来。

由于听不到狗叫声，所以兰卡和老罗接下来都不知道该往哪里走了。他们费了很大气力四处寻找，过了很长时间才找到那只狗，可那只狗早已变成了一具支离破碎的尸体。一看到现场，他们立刻就明白了，他们的狗是被熊给打死的。

老罗见自己宠爱的狗被打死了，非常生气，他愤怒地说道："灰熊简直太可恶了，我一定要报这个仇！"

兰卡也跟着说："看情形，肯定是这只熊咬死了佩德的那些羊，它可真是太狡猾了。我非打死它不可！"

由于狗被打死了，所以他们决定换一种狩猎方法：挖一个陷阱。找来找去，两人最后终于瞅准了一块地，那是两棵树的中间。选定了地方后，兰卡回帐篷去取斧子，老罗留下来做一些准备工作。

兰卡快走到营地时，忽然看到了对面山坡上有只灰熊，它正坐在地上俯看着他们的营帐。兰卡再仔细一看，正是自己上次遇到的那只大熊。兰卡和杰克现在又一对一地隔着帐篷相遇了。

兰卡现在和熊相隔得还很远，可是他不管了，拿起枪就瞄准了杰克。就在他准备扣动扳机之时，杰克抬起头来，盘起了后脚，开始舔它的后腿。这种姿势最容易被猎手打中了。兰卡很快地就射出了子弹。

只听"当"的一声枪响，子弹稍微偏了一些，既没打中杰克的头，也没打中它的脸，而是打掉了它的一颗牙齿和一根脚趾头。杰克感到嘴和后腿灼热般地疼痛，于是发出一阵急促的喘息声，立刻跳了起来。

当看到对面的人影时，杰克便怒吼着从山坡上跑了下来。于是，兰卡爬到了树上，并摆好了射击姿势等它过来。

可灰熊杰克并没有朝他跑来，而是冲进了帐篷里，看来它这回真的是气坏了，看什么都不顺眼，它先用自己的前腿一下子打飞了帐篷，里面的罐头也跟着飞了出来，掉得哪儿都是；装着面粉的口袋也被它给撕开了，里面的面粉就像烟雾一样四处飘散着；装子弹的口袋也被它弄坏了，子弹撒到了篝火中。接下来，杰克又发现了一个瓶子，于是，它很熟练地拔出了上面的木塞，嘴对着瓶口喝起了里面的东西。可能瓶里的东西不合它的口味吧，杰克马上便将含在嘴里的液体"噗"的一下喷了出来，然后，又打碎了那个瓶子。

这时，被它扔到了火里的子弹开始爆裂开来，听到这种声音，杰克吓了一跳，这种声音令它想起了什么，于是，它马上从帐篷里跳了出来。

杰克总算发够了脾气，它正想离开的时候，蹲在树上的兰卡再次朝它开了枪，这次对准了杰克的后背。就在他扣动扳机之时，杰克刚好转了个身，子弹便打中了杰克的侧腹。

杰克又受伤了，它大叫着跑进了森林。这回好几个部位都受伤了，伤及它的嘴、脚趾和侧腹，可真够杰克受的。

帐篷里的东西被杰克弄得一团糟，想要收拾好并恢复原样起码得花上一个星期。所以，兰卡和老罗无法再在这里继续狩猎了。于是，他们重新开始买粮食和子弹。

十二

杰克回到森林后，便钻到树丛中躲了起来。它忍着剧痛，一动不动地待了一整天。可是，到了第二天，它的肚子实在是饿极了，于是，它便从树丛中走了出来，开始寻找可吃的东西。杰克在狭窄的山路上走着，突然又闻到了一种讨厌的气息。这是人的味道，而且还传来了马蹄的声音。

杰克低吼了一声，它一闻到这种气味就十分生气，真想马上就去报仇。可现在自己体力不支，很可能打不过他们。真不知如何是好。于是，它就在过道上坐了下来。

一会儿，一个骑马的牛仔跑了过来。马看到灰熊堵住了去路，害怕得站住了。牛仔也看到了这只灰熊。于是，他拉紧缰绳，稳稳地勒住马。

他对山里的事情非常熟悉，虽然自己带着手枪，但他明白这时候最好别惹它。于是，牛仔便用印第安人常用的手段，跟这只灰熊说起话来："我说，熊啊，我可不想伤害你啊，你还是让我和我的马过去吧！"

杰克低声地"呜呜"叫着，吓唬了对方一阵子。

可牛仔还在跟它说话："你挡住我的路了，麻烦你让开一下，让我和我的马过去，行吗？"

杰克依然在低声地吼叫着，可它现在却不是在威胁对方，当它确定了对方不是敌人、不是要伤害它时，便"咕噜"了一声，慢慢地站起身来，从旁边的斜坡慢吞吞地走了下去。

接下来的时间，杰克总是抽动着鼻子四处乱逛。它一边慢慢地养伤，一边寻找可吃的东西。到目前为止，它已经闻过了草莓、树根、雷鸟还有鹿的味道。直到有一天，它正在赶路时，风中送来了一种特别好闻的味道。这种味道实在是太美妙了，于是，它便朝着发出味道的地方走了过去。

这种好闻的味道是从一块平坦的草原中央发出来的，这是其他动物的味道，它们的个头儿和杰克差不多大，一共有五头，有红色的，还有红白相间的。不用说，那些动物是牛，但杰克以前却没见过这样的牛。见牛走起路来慢吞吞的样子，杰克觉得它们一点儿都不可怕，即使它们的数量多达五头，它也不怕。刹那间，它体内升腾起一种偷袭猎物的本能，它想捕捉一头牛当作食物。

于是，杰克转到了下风口，这样一来，它可以好好儿地闻到对方的味道，而对方却毫无察觉。它站在树林的边缘处，旁边正好有个可以喝水的地方，杰克在那里静静地喝了一些水，然后便钻入了附近的灌木丛中，开始观察对面的情况。

一个小时后，太阳快下山了，这些牛还在那里吃着草。这时，有一头小一点儿的牛慢慢地朝杰克这边走了过来。杰克紧张极了，它摆好了姿势，准备随时冲出去进行偷袭。那头小牛走着走着，突然变得有些迟疑了。杰克不免有点儿担心，它不会是发现自己了吧？很快，杰克马上就发现，自己的担心根本就是多余的，那头小牛只不过是口渴了，于是便到杰克藏身的灌木丛旁的小河边来喝水了。

杰克等小牛再靠近了些，突然从藏身之处跳了出来，猛地给了牛一拳，可是很不巧，它这一拳正好打在了牛角上，杰克对牛不熟悉，不知道牛角这么硬，一拳下去后，它自己的前掌也被弄得很疼。不过，再看那头牛，它的牛角已经被杰克给打断了，它自己也被杰克打倒在地。杰克被弄疼后非常生气，于是又冲着倒在地上的小牛打了一拳。这下子，那头牛就再也没站起来——它被杰克给打死了。

其他的牛看到同伴被害，纷纷逃掉了。杰克带着它的美味大餐回到了山中。接下来一个星期，杰克一边慢慢地吃着牛肉，一边养伤。一个星期后，它身上的伤就全都好了。

杰克又像从前一样，可以走到相当远的地方去了。现在的杰克已经完全成年了，它的领地随即变得越来越大，所到之处都留下了它独特的气味。其他的熊偶尔也会过来跟它挑衅，但杰克胜利的时候居多，所以，它的对手渐渐变得越来越少了。

猎人兰卡此后又追踪了杰克几次，兰卡发现了杰克和其他的熊脚印上不同的地方：杰克的前脚有一块圆形的伤痕，后脚上也有伤痕。从那些熊用后腿站起来在树干上蹭后背或是用前腿抱住树，用后足的趾甲挠树留下的痕迹上就可以推断出哪些是杰克留下来的；另外，那次他在营地开枪打伤了杰克，知道它的门牙被打断了，于是，只要察看一下熊咬树留下的印痕，就知道杰克有没有来过这儿。

兰卡和老罗又决定一起去猎熊了，他们四处寻找可以设置圈套的地方，以便将熊捉住。找到满意的地点后，两个人就开始布置起捕熊的陷阱来。他们先将砍下的原木组装起来，做成了一个结实的木箱，在木箱的入口处用木板安装了吊门。如果有猎物在木箱圈套里碰一下诱

饵，吊门就会 "轰隆"一声从上面落下来，将猎物关在
木箱里。

　　就在杰克养伤的这段时间里，兰卡和老罗两个人不
停地工作，一周之内做好了四个木箱圈套，准备分别放
在森林的几个地方。刚开始，他们并没有立刻在木箱里
挂上诱饵。因为谨慎小心的熊刚开始时肯定是不会接近
不熟悉的东西的，而且，刚刚做好的木箱里还残留着人
的气味。所以他们还得再做些工作，把人的气味从木箱
里完全清除掉，才可以放到森林里去。

　　兰卡和老罗把木屑弄干净后，用泥土把比较新的木
头涂黑了，并用不新鲜的肉在木箱圈套里面蹭了一遍。
放置了一段时间后，他们才把已经坏了的鹿肉作为诱饵
挂在了木箱的圈套里。

十三

　　做好这些工作后，为了让风把他们的气味吹干净，
兰卡和老罗一连几天都没有再到那里去。等第四天他们
再过去看时，发现其中一个木箱的门落了下来。老罗还
以为把熊关到里面了，可兰卡察看了一下周围的脚印，

发现那些脚印都是一些臭鼬留下来的，等打开箱子的栅栏一看，里面果然关了好几只臭鼬。兰卡和老罗忍不住笑了起来。

两人又将三只木箱圈套里的诱饵重新挂好了，但还是没见大熊来。真不知道为什么这么大的一块肉却不能把熊给招来，想了半天，兰卡才说，也许不应该把诱饵挂起来。而且，熊都爱吃蜂蜜，所以，他们决定弄一些蜂巢来当诱饵。兰卡之所以敢断定这头熊也爱吃蜂蜜，缘于一次偶然的发现，有一次，他们追踪大熊的脚印时，发现这头熊遇到蜂巢就一定会停下来。

两个人计划好后，很快就找到了蜂巢。他们把做诱饵的蜂巢放在小布袋里，又将布袋吊在了木箱圈套中。

那天晚上，精力充沛的杰克又跑到森林里闲逛，顺便找些好吃的东西。走着走着，它那灵敏的鼻子马上就嗅到了远处飘来的蜂蜜的气味，于是便赶紧跑了过去。

对杰克来说，蜂蜜是天底下最好吃的美味，闻到这种美味，它怎么会不去寻找呢！于是，它加紧了脚步，不知不觉地跟着那美妙的气味走了很远。终于，它看到了一个用原木做成的奇怪的洞穴，那股浓郁香甜的蜂蜜味就是从那里飘出来的。

可是，等等，那里面似乎还混杂着别的味道，它仔细嗅了嗅，没错，就是那种特别讨厌的猎人的气味。不过，它并没有因此而放弃，对它来说，现在没有一样东西可以让它放弃眼前的美味。

于是，杰克便在木箱周围转着圈子察看起来，蜂蜜的味道一阵一阵地飘进了它的鼻孔。过了一会儿，杰克便小心翼翼地钻进了木箱。它先是闻了闻悬挂在木箱里的布袋，并舔了舔嘴巴，口水便顺着嘴角流了下来，杰克实在是太贪吃了！为了把蜜弄出来，杰克用力地拉了一下口袋。就在一瞬间，只听"砰"的一声，活板门从上面掉了下来，将杰克困在了木箱里。

杰克手忙脚乱地往后一跳，这才意识到自己中了圈套。它用身体撞击着出口的门，可是那个门十分结实，并没有被撞坏；于是杰克转而用前爪去抓木箱周围钉着的木头，想找容易破坏的地方，可是木头墙也非常牢固，实在找不到地方下手。杰克急得在木箱里走来走去，它想尽各种办法，又用牙咬，又用身体撞，可惜还是没用。就在杰克想方设法想要逃出木箱去、在里面乱跑乱闹之时，天已经渐渐地亮了。

阳光透过入口处的门板缝隙射了进来，看到光亮，杰克马上意识到门板的哪些部分是比较脆弱的，于是，杰克就用它那硕大的身体不断地对着透出光亮的门板部分使劲地撞击着。最后，厚实的木板终于在它的撞击下一块块地掉了下去。杰克终于重获了自由。

当兰卡和老罗巡视过来时，杰克已经不在了。看到木箱被破坏成这个样子，他们都大吃了一惊。不过，从破碎的门板上，他们马上明白了这里曾经发生过的一切。于是，兰卡便蹲下身子，仔细察看起地上的脚印来，没错，从它后脚趾上的伤痕和它那前脚脚趾的圆形伤痕，可以判定就是那只大熊，而且，木箱里还留有它一颗断了的门牙留下的咬痕，这正是它的标记。

兰卡心有不甘地说："真可惜呀，它已经进了圈套，却又溜掉了，不过它还真的很聪明！这回我们可得棋高一着了。"

于是，他和老罗再次修整好了门，重新布下了陷阱，仍然拿蜂蜜做诱饵。不久，杰克又来了，这次，它又中了圈套。

　　可是，和上回一样，它再次把门板拆卸得乱七八糟，又一次逃走了。

　　兰卡和老罗终于犯难了，该怎么办好呢？看来这只大熊已经掌握了离开的窍门，于是，他们就试着把活板门涂上了油，弄成不透光的，这样，熊就找不到出口了吧？说干就干，兰卡和老罗又费了好长时间，将木门修钉完，接下来又在透光的门缝处糊了一层带油的纸，这下就能很好地遮光了。

　　兰卡和老罗对自己想出的妙计非常满意，于是便放心地回去了。

　　又过了几天，两个人去看圈套时发现，这回那个活动门没有一点儿被打坏的痕迹，可是，圈套入口的吊门却掉下来了，找遍四周也没看到任何被破坏的痕迹，看样子，它很可能已经被关在里面出不来了。两人走上前去，听了听里面的动静，发现里面却是静悄悄的。

　　两个人用棍子敲打了一下原木，还是没听到什么声响。于是，他们就在圈套周围转了转，很快就发现，门板下面的泥土竟然被翻动过。原来，杰克是把前足伸到吊门下面，举起门从木箱里面走出来的。

兰卡便在吊门下挖了水沟，可是，从那之后，熊就再也不光顾这里了。

转眼到了冬天，熊也开始冬眠了。

十四

到了第二年春天，气温回升了，熊终于从冬眠的日子里醒过来了。此时，山谷里还有积雪，兰卡和老罗都认为这时候非常适于追踪大熊的脚印。于是他们两人又相约着，带着做诱饵的蜂蜜和其他一些捕猎用具，向山里出发了。

他们先是找到了去年做的那几个木箱。经过整整一个冬天，人的味道完全消失了。他们先在木箱的圈套里挂上了蜂蜜做诱饵——还真管用，有好几只熊都上钩了，可他们一心要追捕的那只大熊却没有上钩。

于是，兰卡和老罗便开始仔细地留意起雪地上的脚印。大熊的脚印还真就被他们给找着了，不过，这回大熊却不是孤单的一只，总有一个比它小一点儿的脚印陪伴在它的左右，见此情形，他们两人马上都明白了——

大熊娶媳妇了，那稍小一些的脚印就是母熊留下来的。

　　两个人一路追踪着这些脚印。过了几天，兰卡和老罗偶然看到了那头大熊和母熊。大熊比原来又长高了很多，像一堵墙一样，似乎都有点儿像佩德说的那样大了。不过，母熊却比它小得多，它的毛非常光滑，看起来很漂亮。

　　兰卡和老罗他们俩只看到过它们这一次，以后就再没见到过它们的身影。不过，牧羊人费恩却在别的地方看到了这对熊夫妇。

　　费恩当时正在牧羊，突然看到下面很远的地方走着两只熊，立刻端起枪来朝它们射击。"当"的一声，子弹打碎了母熊的脊梁骨，母熊应声倒在了地上。

　　大熊见妻子中枪倒下了，这下子可气坏了，于是就在附近疯狂地搜寻起来，它嗅着风的气味，想确定敌人所在的方位。这时，费恩又朝它开了一枪，子弹并没有打中杰克，但却让杰克看到了从枪口里冒出来的烟，它马上就知道了敌人的藏身之所，开始朝陡坡上费恩藏身的地方跑去。费恩见大熊向自己跑来，吓得急忙爬到了附近的树上。杰克怎么也够不着他。

没办法，杰克只好回到了母熊身边。爬到树上的费恩又朝它后背开了一枪，这回打中了大熊的后腿，大熊吼叫着跳了起来，它想跑到费恩那里报仇，可是由于脚受伤了，它并没有跑出多远。于是，杰克重又拖着受伤的脚回到母熊那里，母熊一动不动地躺在那里，任凭杰克怎么推都不动一下。过了好长时间，见妻子还是那么一动不动地躺着，杰克便异常悲伤地离开了，从此，它就再也没有回到过母熊躺倒的地方。

杰克继续拖着伤腿前进。这时，它又闻到了敌人的气味，为了替妻子报仇，它便顺着气味追踪了过去，可是，到了那里后，那个人却不见了。原来，费恩已经骑上马逃走了。

到了夜晚，它在山里看见了一个小房子，那里也散发着人的气味，但和杀死自己妻子的那个人的气味不一样，它便走了过去。这里面其实住的是费恩的父母。他们见一个跟小山般大小的大熊走进了自己家中，吓得赶紧从后门跑了，那么大年纪的人居然爬到了树上，筛糠般发着抖。

　　杰克走进小屋后，见里面没人，便走到这家的猪圈里，吃掉了里边个头最大的猪。吃完后，杰克觉得猪肉的味道还不错，从那以后，杰克便成了费恩父母家的猪圈的常客。多亏有了这些猪补充营养，杰克的伤势很快就痊愈了。

　　杰克还不知道，费恩的父亲现在也在琢磨着如何使自己的损失变得最小化——看来只有把那只大熊用枪打死了。他自己发明了一个装置，可以把枪绑在树上，那只大熊来了，一旦踩到机关上，枪里的子弹就会自动射出来。

　　一天晚上，费恩老爹还真就听到了枪响，但子弹却没有打中杰克，而是从杰克的头顶上甩了出去——费恩老爹把枪放得太高了，杰克毫发无损，不过却也吓得不轻。这个晚上它没有吃猪，而是逃到平原去了。

　　一天，杰克又走进了一户人家。它被一股甜甜的香味所吸引，找到了一个装着砂糖的小木桶。木桶很深，杰克便把头伸进了木桶去舔底下的糖，可等它吃完糖后，却拔不出头来了。

　　杰克生气地叫了起来，可叫声却闷在了木桶里，一个劲儿地在它耳边回荡。杰克更生气了，它开始横冲直撞，并使劲地敲打着木桶。

它弄出的声响被这家人听见了，男主人便对它开了一枪，但这一枪并没有打中杰克，情急之下，杰克把木桶给敲碎了，这样一来，它的头终于出来了。

杰克接二连三地遭遇枪袭，此后，它便很少接近人类的房子了。它的活动范围从此只限于森林里或者平原上了。

有一天，杰克正在找吃的东西，忽然间，它好像感觉到了什么似的，全身的毛都竖起来了。原来，它闻到了杀死自己妻子的那个人的气息。杰克立刻起身，迅速地往那种气息发出的方向前进。这时，正好有几只大雁从它的头顶上飞过，它根本就没有理睬它们，它可不知道，猎人费恩正在附近瞄准它头上的大雁呢。

杰克不管不顾，一门心思地奔向了杀死它妻子的仇人。

眼看着离那人越来越近了，那人的气味也越来越浓烈了，杰克开始全速奔跑，树丛在它的身后以越来越快的速度晃动着。它径直穿过树丛，向它的敌人扑去——

杰克只打了一拳，那个猎人连同他身后的树就都被它给打倒了。因为，杰克的这一拳是用尽了全身的力气！它总算是报了杀妻之仇！

十五

今年，唐克拉山附近的灰熊似乎都特别喜欢吃牛肉。以前，人们还以为灰熊只喜欢吃草莓和树根呢，所以，他们想当然地认为只要不去招惹它们就不会有危险。可是没想到，现在它们却开始流行起吃牛肉来了。

唐克拉山附近几乎所有的牧场都不断传来自家的牛被灰熊咬死的消息。灰熊们频繁地袭击着附近的牧场，它们不但身材高大、力大无穷，而且还非常狡猾。

牧场的老板只好悬赏巨额奖金，雇人帮他们抓这些熊，以减少自己的损失。可是无论他们出多高的价钱，始终没有人能够抓到它们，被熊吃掉的牛的数目不但没有减少，反而越来越多了。

到处都有人在控诉灰熊的恶劣行径，人们还根据那些灰熊的特点给它们取了各种各样的名字，关于灰熊的种种传说也都不胫而走。

比如，生活在费萨河畔的灰熊跑得最快，要是看准了一头牛，它们会从几十米远的地方一口气冲过来，直接扑向牛群，以至于那些可怜的牛连转身逃跑的机会都没有。

也有人传言说，他们从来都没有见过贝格托拉克灰熊，因为它只在晚上活动，据说这只熊不仅喜欢吃牛，还喜欢吃猪，有时甚至还会攻击人。

传说中还有一只被人们称作布林的熊，它生活在莫克拉姆地区，专门猎杀最昂贵的牛羊。

在众多传说中，还有一只被称为熊王的极为勇猛的熊。

在所有的传说里，每一只大熊无一例外都很狂暴，在这么多大熊里面，最可怕的当属佩德所说的怪熊。一天晚上，佩德来到了兰卡的小屋，他告诉兰卡："那只大熊又在老地方出现了。它长得跟一棵大树那么高，人们都管它叫'熊王'。这只'熊王'是这个地区所有熊里最魁梧的一只，人们传说它具有恶魔般的智慧，我的一千来只羊就是被它给弄死的。有时候它并不是因为饿了才杀死牛羊的，我觉得它纯粹就是在开玩笑，也许它觉得那样做很好玩吧。

"兰卡呀，你不是说过要帮我杀死那只大熊吗？你到底什么时候才开始行动啊？你赶紧帮我想个办法吧，要不然我的损失就会越来越惨重了！"

听完佩德的话，再加上悬赏的奖金已经很高了，于是，兰卡和老罗他们又开始动心了。

两人再次来到了内华达山麓。此前曾先后有几个猎人来过这里，但他们并没有抓到人们传说中的那个熊王。

兰卡和老罗首先详细地勘察了熊留下来的脚印和它在树上蹭身体时留下的痕迹，又调查了一下被它打死的那些牛的死法，这样，他们很快就得出了一个出乎所有人意料的结论。

兰卡十分自信地对大家说道："你们大概还不知道吧？传说中在费萨河畔速度很快的大熊、吃猪还袭击人的贝格托拉克灰熊，还有那只被人们称作布林的熊以及恐怖的熊王，它们实际上都是同一只熊！"

猎人们听完后都大吃一惊，但兰卡和老罗调查得一点儿都没错。

从此，大家便都一致管这只大熊叫"熊王"了。

兰卡和老罗开始兴致勃勃地追捕这只熊王了。

就在这时，一个富翁在报纸上刊登了一则广告：有谁能够生擒熊王，将会获得十倍于现在的赏金。

消息一登出，兰卡和老罗捕猎的兴致就更高了。

兰卡把以前的伙伴都找了过来，大家一起商量该用什么办法才能生擒熊王。这时，有人又带来消息，说熊王又在贝尔达修牧场现身了，当晚就有三头牛被它给弄死了。

贝尔达修牧场离兰卡住的地方很远，但他们一听说熊王在那里现身了，便不管白天还是黑夜，马上骑马向那个地方飞奔而去。他们走了一个通宵，骑的马都累倒了，不得不临时更换了新马。

到达贝尔达修牧场后，兰卡和老罗不顾旅途的劳顿，立刻让人带着去了熊王现身的那个地方。在事发现场附近，兰卡和老罗找到了很多带有伤痕的脚印。没错，就是它，这些脚印就是那个大熊留下来的。

不过，脚印延伸到树丛之后，就再也找不到它去其他地方的痕迹了。看来熊王还在这个树丛里的某一个地方活动。即便缩小了范围，想要穿过这片茂密的树丛却并非易事。

兰卡让老罗在外面把风，他自己骑马去召集别的伙伴。接到通知的男人们都带着枪过来了，兰卡对他们说道："听我说，各位，熊王就在前面那片小树林里。不过，不到天黑它绝对是不会出来的，所以我们必须在这里等到晚上。另外，需要向大家声明一点，如果开枪打死它，固然能拿到一些钱，可要是活捉了它，那么我们的奖金就会较之多出十倍。所以，我建议，大家就别带枪去了，只带套索就行了。"

有人持不同的看法，他们说道："我们把枪带去但不用它不就可以了吗？"

"不行，人的心理非常微妙，要是带了枪，并且看到了熊，有时就会下意识开枪的。所以，最好还是不要带枪！"兰卡果断地说道。

大家商量来商量去，最终还是有三个人带了枪。七个勇敢的男人跨上七匹好马赶到了熊王藏身的树丛。不过现在还是早上，距离天黑还早着呢。

人们等不及了，他们开始大声吵嚷，不断地向树丛里扔石头。可是，树丛里却一直很安静，熊王根本就不搭理他们。

到了中午，风刮起来了，人们把好几个地方的树丛都点着了。树林子着火了！树丛开始噼噼啪啪地燃烧起来。刹那间，树丛燃烧的声音和树枝折断的声音一起响了起来，接着，从树丛的对面跳出来一只巨大的灰熊。没错，它正是熊王杰克！熊王杰克出来时，对这些骑在马上的人们连看都不看一眼，它转过身子，不慌不忙地朝着它常去的小山走去。马上的人们倒是很勇敢，他们一边催马前进，一边用生皮做的套索往杰克身上套去，可他们胯下的马却十分害怕，纷纷将后腿直立起来，根本不听人们使唤。

只有三个勇猛的骑士很快追上了熊王，他们在熊王的头上舞动着套索，朝它的头顶掷去。

熊王此时还是没有生气，它搞不明白为什么来了这么多的马和人。它用后腿站立起来，俯视着跑过来的人和马。

看到这里，兰卡情不自禁地说道："看来佩德的话一点儿也不假，它真的有一棵大树那么高啊！"

十六

　　这时，三个人的套索"啪啪啪"地同时飞向了熊王的头顶。这三个人都是百发百中的高手，他们的套索都十分精准地缠在了熊王的脖子上，可熊王用它那灵巧的前肢没费什么劲儿就解下了三根套索。由于惯性的关系，那三个用手使劲拽着套索的人连带着被熊王拖到了地上。可是，熊王并不想同他们计较，解下套索后便慢慢地向山冈那边走去。

　　"喂，快挡住它啊！"见熊王要离开了，有人着急地喊了起来。于是，一个男人便骑马跑了过来，他从后面瞄准了熊王的腿，麻利地扔出了套索。熊王的腿一下子就被套索给拉住了。它低下头来，把套索给咬断了，但熊王另外一条腿又被一根套索给套住了，那根套索被两匹力量很大的马拉住，它差点儿就被拉得摔倒了。熊王又吃惊又生气，终于彻底被惹恼了，它转过身来，凶狠地瞪视着眼前的这些人和马。

　　熊王现在离燃烧的树林有一段距离了，它背对着没有失火的树林，摆出一副防御的姿势，等待着眼前的男人们采取行动。男人们鼓励着他们的坐骑一点儿一点儿地向熊王逼近。当他们快要接近熊王时，熊王迅猛地向马和人扑了过来。这下，谁都别想逃走了。熊王真的动怒了。熊王跺脚的声音就跟地震一样，地面上马上升起了很多的灰尘，三个骑马的男人撞成了一堆，熊王直奔他们扑去，转瞬间，三匹马就站不起来了。

可大熊并没有停止攻击，它还在沙尘中猛烈地挥舞着前腿，将对方打得人仰马翻，马的悲鸣声和人的惨叫声混乱地交织在了一起。后面的人想跑过去救助自己的同伴，可是熊王横冲直撞，他们根本就到不了大熊的近前。

一会儿工夫，熊王就打死了三匹马和一个人，还有一个人受了重伤；只有一个人好歹是逃开了。

发泄完毕后，熊王便向山冈上跑去。这时，有人在它的身后开了枪，"砰！砰！砰！"

兰卡着急地喊道："别开枪！我们就在后面追吧，等它消耗完体力，我们就可以把它给活捉了！"

但是没有人再听他的话了，有人生气地说道："这样的话你怎么能说得出口呢？你难道没看见地上躺着两个人吗？如果我们还不开枪，那么我们迟早也会像他俩一样的！"

　　男人们不顾兰卡的阻拦，拼命地开枪，直到将所有的子弹都打光了为止。

　　熊王受了惊吓，变得怒气冲天了。

　　这时，兰卡大声地鼓励同伴："我们一定会活捉它的，现在就开始扔套索！"兰卡喊完后，第一个扔出了套索，套在了熊王的前腿上。紧接着，又有两根套索飞过来，熊王的脖子被缠住了。如果能再给熊王的后腿上套两根绳索，那么就会把它给紧紧地捆住了。然而，事情并不像他们想象得那么简单，杰克立刻举起另外一个前爪，轻轻松松地就把前爪上那根套索给弄掉了。可是，套在它脖子上的两根套索却没有弄掉，因为每根绳子的另一端都有一匹马和一个人猛力地拉着。他们这样做是想把熊王给勒死。

　　周围的人都兴奋地大喊大叫着，围着熊王转圈子，等着下一次出手的机会。

　　这时，熊王已经被勒得快喘不上气来了，可它却努力把两只前爪和肩部都压在了地上，紧接着，它使劲往后一退，绷住劲儿，拼命地拉住那两条绳子，几下子就把绳索另外两端的两匹马连同马上坐着的人都拉向了自己这边。此时，由于马也在用力，马蹄在地面上留下了很深的印痕。

那两个拉住熊王脖子上套绳的人，互相把身体靠近了，他们以为，靠在一起的话力量会大一些的。就在他们还在铆着劲与熊拔河时，熊王箭一般地冲着他们猛扑过来，两匹马的肚皮都被它毫不留情地撕开了。

骑在马上的男人们这时也害怕了，他们见势不妙，赶紧松开套索逃跑了。

熊王发出沉重的呼吸声，拖着脖子上的套索飞快地跑到了山冈上。

那些没有战死的人都悲伤地回去了，临走之时纷纷向兰卡抱怨道："哼，就是因为你说不让带枪才弄成这样的！否则，我们才不会败得这么惨呢！"

当晚，兰卡和老罗在离牧场很远的山冈上搭起了帐篷。老罗问兰卡："你现在打算怎么办呢？"

兰卡在帐篷的篝火旁沉思了一会儿。然后，他对老罗说道："这熊可真是太了不起了，它是我见过的熊里面身材最魁梧的，站起来简直就跟一座小山一样，你看它打死那些马，就跟打死一只苍蝇一样轻松。以前我一直把它看作敌人，一心想弄死它，可是，我现在却开始喜欢它了，老罗，无论如何，我一定要活捉它，哪怕用上我一辈子的时间。"

兰卡两眼放光地说着。

十七

这次捕猎付出的代价实在是太大了，不光没有捉到熊王，还牺牲了人和马的生命，损失太惨重了。所以，大多数牧场主都认为杀死大熊这件事根本不可能实现，于是纷纷撤回了赏金。

现在，只剩下报社的奖金没有撤。报社的负责人听说人熊大战这件事之后，给兰卡写了一封信，虽然只是短短的几个字，但对兰卡来说，却意义非凡。信是这样写的："希望你能捕捉到那只熊。"这下子，兰卡更坚定了决心。

兰卡接到报社的信时，老罗也在身边，他决定和兰卡一起干。两个人商量了一下，发现之前他们用来捕熊的种种手段都不奏效，应该采用一种新的办法。兰卡想出了一个主意——先花三个月的时间去跟踪这只大熊，探明它常去的地方，然后再找合适的机会下手。

此后，兰卡和老罗每天都要出去追踪熊王的足迹。

本来他们准备花三个月的时间完成这个计划，可实际上却用了六个月的时间。就在这六个月内，经常能听到熊王在各处不断杀死牛羊的消息。

兰卡和老罗在熊王所经之处都布置了圈套，因为以前有过失败的教训，所以这些圈套都改进了：原木之间都用铁螺丝牢牢地固定住，木箱的一端做出了一个嵌有铁栏杆的小窗，门做得非常结实，是将两层厚木板叠在一起，中间夹上防水纸，避免光线透入，再贴上铁板，这样一来门就更加牢固了。门下面挖了条水沟，以防止熊举起门。活动门的两边还安上了门轨，活动门可以顺畅地滑动，这样一来，当活动门落下时，就会直接陷入地板上的门轨里，里面的动物再怎么用力，也都推不开了。

这回，他们没有在新加工的木头上抹泥土，也没有用腐败的肉做诱饵，而是任由风吹雨打，除去了留在上面的人的气息，然后，他们先将木箱的门设置得不会落下来，挂好了诱饵。熊可以几次自由进出原木箱去吃诱饵，没有什么危险，这样它就会渐渐地放松警惕。

最后的胜利就要来临了——就在熊对木箱圈套已经满不在乎的时候，兰卡和老罗便去寻找大熊从来没有拒绝过的食物——蜂蜜，拿它当诱饵，并在蜂蜜里放进了许多的安眠药，只要熊王进入木箱，吃了蜂蜜，就会束手就擒。

那天晚上，熊王又离开家到处转悠，现在，它的伤势已经完全好了。它那灵敏的鼻子嗅到了各种气息：这是羊的味道，那是牛的味道，这些味道令它十分满足。忽然，空气中飘来了一种甜甜的好闻的气息。

杰克抽动着鼻子，这种气息令它兴奋极了，于是，杰克便改变了方向，朝着蜂蜜所在的方向走去。它看到一个原木洞，蜂蜜的味道就是从那里散发出来的。它舔着蜂蜜袋，紧紧咬住，用力一拉，这时，后面的门突然"扑通"一下落了下来。杰克并没有慌张，反正它早已掌握了打开木门的窍门。所以，它就放心大胆地咬住了蜂蜜口袋，吮吸里面的蜂蜜。

刚开始，它一直贪婪地舔着，可是过了一会儿，它的动作就慢下来了，最后，它终于合上双眼，躺下来慢慢地睡着了。

　　天快亮时，兰卡和老罗来这边察看情形，见附近有熊王的脚印，他们的神色看上去异常紧张。等确认熊王就在里面后，怕它提前醒来，他们赶紧趁它熟睡之时将它绑了起来。然后，再用安装在树干上的起重机把沉睡中的熊王从木箱圈套里给拖了出来。

　　兰卡和老罗怕熊王因为吃了太多安眠药而死掉，于是便想办法把它给弄醒了。

　　熊王醒来了，发现自己被人给捆绑起来时，可真是气坏了。它发出了骇人的吼叫声，不断地横冲直撞，可是，无论怎么折腾也无法逃脱，因为它已经被捆绑得严严实实了。

　　兰卡和老罗把熊王装在了雪橇上，由六匹马拉着来到了平地，接着又改用火车装运。人们先将它喂得饱饱的，接着再用大型起重机将它和铁链，还有木头一起吊了起来，放在了货车上，然后，再用一块很大的防水布盖在了被绑得紧紧的、动弹不得的熊王身上。

　　熊王杰克就这样被兰卡和老罗带到了另外一个世界。

十八

熊王被运到大城市后，被关在了一个大笼子里，笼子的铁栏杆十分结实，比关狮子的笼子还要结实三倍。熊王不喜欢这里，更不喜欢被关着，于是便开始用力挣脱绑在身上的绳子。绳子终于被它给弄断了，在一旁看热闹的人们和动物园里的饲养员立刻都吓得跑开了，但兰卡和老罗却没有跑，他们一直守候在那里。

熊王弄断绳子后，身体自由了，于是便开始撞击笼子的铁栏杆。铁栏杆很快也变弯了，笼子眼看就要被它弄坏了，这样一来，人们都紧张得要命，赶紧运来了一个装大象的笼子，以免熊王跑出笼子到外面闯祸。等用这个笼子将熊王关住，人们才稍微松了一口气。看来熊王不会出来了，那个笼子结实得连大象都弄不坏。

熊王不停地在笼中走来走去，因为新换的笼子直接就放在了地上，所以，杰克一看见有露出土地的地方就开始拼命挖土，不到一个小时，它就挖好了一个洞，将自己藏在了里面。人们惶恐万分，赶紧向洞穴里灌水，将熊王从洞穴中赶了出来。没办法，人们不得不把它转移到一个特别为它定做的更为结实的笼子里。但是，熊王在新笼子里绕了一圈，就又开始搞破坏了。坚固的铁棒很快就被它用力扭歪了，埋住栏杆的根基都被它弄得松动了。要知道，这些钢管可是用五厘米粗、三米长的铁棒制成的，底下铺的可是坚固的岩石呢！熊王杰克爬上了铁架，用敌视的目光看着外面的人们。人们赶紧拿来火把吓唬它，好不容易才使它安静下来。

为了防止杰克再搞破坏，动物园里所有的员工轮番值守，日夜不停地看守着，地面全部都用混凝土加固了，这次将熊王转移到了坚固的笼子里。这个新笼子有钢铁做成的顶部和岩石做成的地板，比前面那几个笼子不知要牢固多少倍。

跟以前一样，熊王先在笼中走来走去，四处察看，寻找可以下手的地方。它挨个试了试所有的铁棒，发现不能被扭曲后，又仔细察看每个角落和地板有没有裂痕可以利用，最后，终于让它发现了一根木头门闩——这是整个笼子里唯一的木头，而且这根木头的表面还包裹着铁皮，木头只露出一点点。

熊王发现了这根原木后，没事就用爪子去抓。抓着抓着，原木终于断成了两截。接下来，它又用肩膀去推那根已经变成了空心的铁管，但铁管并没有被折断，看来它的努力都白费了。

当杰克终于意识到自己再也不可能出去之后，一件令人大为吃惊的事情发生了。这个长得跟小山一样的大家伙，人们心目中无比勇猛、无比坚强的熊王，竟然伤心地趴在了地上，把鼻子放在了两只前爪中间哭了起来，这时的它，无助得就跟一个小孩子一样。

熊王杰克彻底失去了自由，它没有了逃生的指望，开始不住地掩面而泣。这时候，饲养员再给它送来食物，它别说吃了，连看都不看上一眼；第二天，饲养员再来时，发现杰克依然像昨天一样趴在地上，它现在已经不哭了，但时不时还会呻吟着，那些食物就那样原封不动地放在那里，杰克连动都没动一下。

这样过了两天，食物开始腐烂了。

到了第三天，人们发现熊王还是趴在地板上，保持原来那种姿势，大鼻子放在了两只前爪中间，眼睛一直闭着，人们只有在它呼吸时看到它那起伏的肚皮才知道它还活着，看样子，熊王似乎选择了绝食而亡。动物园里的饲养员实在是没办法了，于是便把兰卡找来了。看到自己费尽心思抓来的熊王在笼子里奄奄一息的模样，兰卡不禁有些伤感，于是，他来到了笼子旁边，从铁栏杆中间伸手去抚摸熊王。熊王一动也不动，它的身体变得冷冰冰的。

兰卡请求饲养员允许他进笼子里看一看熊王，可是却遭到了饲养员的拒绝："那可不行，那么庞大的动物，它毕竟还没死呢，还是太危险了！"

兰卡一再请求，饲养员总算是勉强答应了，不过一再叮嘱他要小心。

兰卡来到了熊王身边，把手放在了熊王的头上，熊王还是一动不动，静静地躺着。兰卡一面抚摸熊王，一面自言自语，摸着摸着，就摸到了熊王的耳朵上，兰卡不禁大吃一惊，这到底是怎么回事？怎么会发生这样的事情呢！熊王的耳朵上竟然有个小洞，兰卡从前为了给小熊杰克的耳朵上弄个标志就穿过这样的洞。再看它的另外一个耳朵，也有一个豁口！兰卡和小熊杰克在此地终于重逢了！兰卡浑身颤抖，低声说道："杰克，杰克，真的是你吗？真是对不起。我要是早知道你就是杰克的话，无论如何都不会让你受苦的，原谅我吧，杰克！"

可是不管他怎样呼唤，杰克还是一动也不动。这时，兰卡忽然想出了一个办法。于是，他很快返回了自己家，换上了以前杰克熟悉的衣服，还带来了一大瓶杰克爱吃的蜂蜜。然后他又回到了杰克身边，对杰克大声喊道："杰克，是我，快醒醒，这里有你爱吃的蜂蜜呀！"

兰卡把杰克爱吃的美味蜂蜜摆放在它的面前。埋藏在杰克心底的记忆终于被唤醒了，它爱吃的蜂蜜、兰卡那带有特殊气味的衣服、耳边那熟悉的声音，这一切，终于将杰克唤醒了，它微微地睁开了双眼。

杰克的生命重新被唤回来了。

看到杰克好一些了，这回，轮到兰卡放声大哭了。在陪伴着杰克吃完蜂蜜后，他默默地离开了笼子。

此后，动物园里的饲养员每天都精心地照顾着杰克。杰克渐渐恢复了健康，不久就又能走动了。

可是，它多么向往过去那段在雄伟的山峰间自由行走的时光啊！而它的后半生，却只能在眼前这个狭窄的笼子里度过了。

没事的时候，它的视线就会越过笼子前面那些观看它的人群，在这群人的身后是遥远的山峰，是它曾经自由的家园，可它却再也回不去了！

泡泡野猪

一

　　布兰迪一家住在美国弗吉尼亚州南部，他家不远处有一片森林。森林里经常有野猪出没。

　　夏天快到了，太阳光很早就照射在了森林里，明晃晃的，森林里到处都被照得十分明亮。周围散发着各种植物的味道。这时，有一头野猪来到了森林边的一块空地上。它十分小心，不时地四下里瞅瞅。它是一头母野猪，长着长长的鼻子，一排獠牙十分突出。

　　母野猪不时地嗅着空气中的各种味道，仔细地辨别着有没有危险的动物或者是猎手向它靠近，从来都没有见它这么紧张过。接着，它又来到了林中的小河边，喝了很多水，然后便蹚着水，回到了林子深处。它在林子里走走停停，一会儿竖起耳朵听听，一会儿又回头瞧瞧后面，这样反复了好几次。

它这样做当然是防备敌人从后面追赶上来。从河里走过两次后，河水就能把母野猪身上的气味冲掉，这样一来，敌人就没有办法靠气味来追踪自己了。

这头母野猪一路提防着，来到了森林深处一棵枯倒的大树旁。大树的树干里面已经空了，形成了一个大树洞。它先嗅了嗅树洞里的气味，然后选中了这个树洞。接下来，它在树洞周围叼了一些草放到了树洞旁。干活的间隙，它不时会停下来，小心地观察着周围，仔细辨别着空中的气味。接着它便跑了出去，很快又跑了回来。过了好一会儿，它才低下身子钻进了树洞，用刚刚衔来的草絮了一个窝。就算是躺在树洞里，它依然非常小心，显得有些紧张。

这时，早晨的阳光透过树叶照进了树林的每个角落，就连灰暗的老树根也被照亮了。

　　阳光也一点儿不落地照在了那头母野猪身上，此时，它正横卧在树洞口，用自己的身体把整个树洞口堵得严严实实的，以免有什么东西钻进去。可是，被它身体遮挡住的树洞里面，似乎正有什么东西在蠕动。

　　啊！原来是一窝刚出生的小野猪，它们挤在一起，鼻子上的红色还没有褪掉呢，身上的颜色十分好看。这些野猪幼崽个个都圆滚滚、肥嘟嘟的，可爱极了。

　　野猪妈妈用自己的身体堵在了树洞口，正是为了保卫自己刚出生的小宝宝。

　　母野猪昨天一整天都在寻找树洞、叼草、絮窝，这一切都是为小野猪的出生做准备呢。

　　小野猪们只要是觉得饿了，就会爬过来吮吸妈妈肚子上的那两排乳头，它们不时地用小鼻子拱着妈妈的肚子，这样奶水就可以充满乳头了。

　　野猪妈妈被自己的孩子们这样拱着，感到非常惬意和满足。

　　小野猪们现在还太小，不能出去觅食。所以，野猪妈妈只好尽可能少出去觅食，除非肚子实在太饿了，不得已才出洞，但也只是在窝的附近转一转，稍微吃点儿东西，勉强填一下肚子就迅速地回到窝里。

　　过了一段时间后，小野猪们终于能跑了，野猪妈妈这才带着它们走出洞穴，到了森林深处。

　　小野猪们整天没事儿就相互追逐着撒欢儿，用小鼻子嗅各种东西的味道，辨别哪些东西能吃，哪些不能吃。它们慢慢地发现，只要挖到草根，就能吃到甜美的球形根部；有的植物上面长着锋利的刺，还有的植物有股怪味，碰到那样的植物，它们马上就会缩回鼻子。

　　它们的鼻子十分灵敏，鼻子对于野猪来说是非常重要的。在母亲的教导下，它们渐渐学会了识别那些长着球根的草，学会了识别草莓以及其他能吃的东西。

　　当野猪妈妈用它那坚硬的鼻子在地上拱土坑时，总会有小野猪凑在母亲身边。在这些小野猪中，有一头小野猪，它的毛色略微发红，身体十分健壮。它总是头一个记住新事物，当然，它也有过痛苦的经历。

　　一天，一只小飞虫"嗡嗡"地叫着从小野猪们身边飞过。那只飞虫身上带有黄色的条纹，不偏不倚正好落在这只红毛小野猪身旁的树叶子上。

　　这只小野猪伸出好动的柔软鼻子，轻轻地碰了碰那只小飞虫，没想到那只飞虫马上狠狠地蜇了它鼻子一下，那股狠劲儿，就像用针扎了一样。

"嗷——"

红毛小野猪疼得惊叫连连，不停地蹦跶着，它背后的红毛竖了起来，嘴也疼得变了形，一张一合却发不出声音来。一会儿工夫，它的嘴里就吹出了泡泡，脸颊上也沾满了白色的泡泡。正因为如此，这头小野猪以后就被人们叫作泡泡野猪了。

过了整整二十四小时后，泡泡野猪的鼻子才不疼了。这当然算不上什么致命的伤痛，但自从被蜜蜂蜇过之后，泡泡野猪就牢牢地记住了这种飞虫。

有一天，野猪们听到远处突然传来一阵"啪嗒啪嗒"的响声，这响声离它们越来越近，似乎是什么东西走路发出的声音。野猪妈妈知道，这是人类的脚步声。以前它住在布兰迪家仓房里的时候，只要这种脚步声一响起，期待已久的食物就会出现在它的眼前。

尽管如此，在这种情况下，野猪妈妈还是很担心小野猪们的安全，因此，它发出了低沉的声音："呜——呜——"

二

虽然第一次听到妈妈这样的叫声，并不了解其中的含义，但小野猪们还是从妈妈的声调里听出了恐惧。野猪妈妈突然改变方向开始奔跑起来，泡泡野猪跟在妈妈身后，第一个追了上去；紧接着，其他小野猪也跟在泡泡野猪后面，排成一排狂奔而去。没想到，这回只不过是一场虚惊，什么事也没有发生。不管怎样，从那以后，泡泡野猪的妈妈便开始远离仓房和附近的居民了，它带着泡泡野猪和其他小野猪开始了森林里的生活。

到了六月份，森林里香甜的草莓成熟了。

仓房主人布兰迪的女儿名叫莉丝特，她个子高挑，已经十三岁了。她经常独自一人到森林里玩耍，从来就没有害怕过什么。

这一天，她去森林里采草莓，采着采着，不知不觉就走到了森林深处。

"呼呼……"

突然，莉丝特身边响起了一阵不知什么动物发出的粗重的呼吸声，随后，身旁的草丛开始晃动起来，紧接着，一只大黑熊从草丛里冒了出来。

黑熊用两只后掌蹬着地，直直地站了起来，眼睛直盯着莉丝特，发出"呼——呼"的吼叫声。莉丝特吓得惊叫起来，全身发软，不能动弹了。

黑熊和莉丝特正对视的时候，草丛里又响起了一阵吼叫声："呜——呜——"紧接着，又传来一声细小的"呜——呜"声。

莉丝特心中暗想：这下糟了，该不会是遇到一窝熊了吧？她正在疑惑之时，伴随着吼叫声，从高高的草丛里跑出来野猪母子。

莉丝特马上就明白了，它们就是在她家仓房里待过的那头大野猪和它生的一群小野猪。

这时，黑熊也看到了野猪，于是转过身来，准备扑向野猪妈妈。面对来势汹汹、气焰嚣张的黑熊，野猪妈妈四个蹄子紧蹬着地面，摆出了一副应战的架势。见野猪妈妈如此坚定冷静，黑熊一时竟不知从何处下手，当下愣在了原地。

小野猪们吓得"吱吱"地叫唤着，硬往妈妈身后躲。只有泡泡野猪勇敢地仰着小脑袋，毫无畏惧地盯着这只可怕的黑熊。野猪当然不是黑熊的对手，可是，面对可怕的敌人，只能拼命一搏了。野猪妈妈护着自己的孩子们退回了草丛中，等孩子们藏好后，它就用身后的草丛做掩护，快速地扑向了黑熊。野猪妈妈用它那尖利的牙齿咬穿了黑熊的一只前掌，又迅速咬住了黑熊另一只前掌。

黑熊当然不会甘心受到如此的欺负了。它马上抡圆了被咬伤的两只大熊掌，使出了浑身的力气，野猪妈妈一下子就被它打倒在地。

看到瞬间发生的这场搏斗，莉丝特这才缓过神来，她慢慢地一步步向后退去，当退出有一段距离后，她才猛地转过身子，拼命地朝家里跑去。"爸爸！黑熊和野猪打起来了！吓死人了！"莉丝特上气不接下气地跑回了家，一进门就把所遭所遇告诉了爸爸。

听完莉丝特的诉说，她的爸爸布兰迪马上带上猎枪，领着狗向森林方向跑去。等他们赶到河边那一大片草莓地时，一群秃鹫被惊得飞了起来。原来，野猪妈妈早已被黑熊打死了，它的身体被黑熊吃掉了一部分。在野猪妈妈残缺不全的尸体旁边，还躺着许多小野猪的尸体，看到这番血腥凄惨的景象，莉丝特忍不住哭了起来。

突然，狗对着草丛深处吠叫了起来，接着，从草丛中跳出来一头红毛小野猪。

"吱——吱——吱——吱——"

正是泡泡野猪。它的嘴巴一张一合，不停地叫着，满脸都是泡沫。

"啊！总算还剩下一只活的。"

布兰迪松了口气，接着说道："这小东西可真不简单啊！"

布兰迪之所以会这样说，是因为，这时候，泡泡野猪已经摆出一副拼死的架势，打算和狗决一死战，看样子，它正准备向狗冲过来呢。

布兰迪迅速绕到草丛后边，悄悄地靠近了泡泡野猪，一把抓住了它的后腿，被捉住的泡泡野猪不停地大声叫着。布兰迪敏捷地将它拎了起来，随后迅速地装进了随身携带的装猎物的袋子里。

"可怜的东西，这么小，不知道能不能活下去呢。你看，鼻子上的皮都被抓破了。"

"爸爸！把它交给我吧，我会把它养大的。"莉丝特说道。

"好吧！"爸爸答应了女儿。

泡泡野猪就这样变成了莉丝特的宠物。

布兰迪在野猪尸体的周围布下了捕熊的圈套，可是，却只是抓到了运气不佳的秃鹫，而那只黑熊并没有上套。

很快，这些野猪的尸体便被秃鹫和一些小虫彻底地清理掉了。在那块土地上很快又生长出了许多美丽的野花。

三

妈妈和兄弟姐妹们都死了，就剩下泡泡野猪孤零零的一个了。这时候，泡泡野猪肚子已经饿得发慌了，它被熊抓破的鼻子还一跳一跳地疼。现在，它还不知道莉丝特已经是自己的朋友了。

回到家里，莉丝特赶紧给泡泡野猪清洗伤口，它嘴巴一张一合很不情愿。莉丝特把热牛奶盛在盘子里喂它喝，它却无精打采地蜷缩在盘子旁边。因为，它从来都没有用盘子喝过牛奶，根本就不知道该怎样去喝。莉丝特的妈妈猜到了泡泡野猪不吃东西的原因，于是拿着奶瓶和莉丝特一起走了过来。

见有人过来，泡泡野猪一边号叫着一边匆忙地跑开了，可它还没找到地方可逃，就被抓住了。母女俩用布把它包起来，把奶嘴塞到了它的嘴里。香甜的牛奶刚一流到泡泡野猪的嘴里，它就"咕咚咕咚"地喝了起来，它实在是太饿了。喝饱之后，它就一动不动地睡着了，毕竟它只是一只小小的野猪啊！莉丝特非常喜欢这只可爱的泡泡野猪。

野猪妈妈也算是救了莉丝特一命，所以，莉丝特对这头红毛小野猪的感情非常深厚。刚开始，泡泡野猪把莉丝特看作了坏人，还有些防备，可是过了大约一周之后，它就明白了，原来这个小女孩儿是给它送食物来的。因此，以后只要一看到莉丝特的影子，它就会跑过去迎接。泡泡野猪非常聪明，知道发出什么样的叫声能得到食物。为了得到食物，它每天都会练习"吱——吱"的叫声，刚开始时声音还很小，没过多久，它就能发出很大的声音了。

　　过了差不多一个月，泡泡野猪就被驯服了，它特别喜欢莉丝特给它的后背挠痒。见泡泡野猪变得越来越乖巧了，莉丝特将它的住处搬到了更加宽敞的地方。

　　很快，泡泡野猪就和莉丝特家里的小鸭子、小羊交上了朋友，它觉得这两个朋友都长得十分奇怪。有时候，它们三个会挤在一起睡觉，那样又暖和又舒服。泡泡野猪和朋友们在一起玩得开心极了。它有时会用嘴轻轻地衔着小羊的尾巴，然后往下拽，这非常有趣；有时候，它会把小鸭子摔倒在地，它觉得这样好玩极了。

　　渐渐地，泡泡野猪也学会了和莉丝特一起玩耍。莉丝特一到院子里，它就会藏到高大茂密的草丛中，与莉丝特玩起了捉迷藏，直到莉丝特找到它。有时还没等它藏好呢，就被发现了，这时，它就会从草丛里蹿出来，跑到莉丝特身边，让莉丝特给它后背挠痒痒。

　　泡泡野猪渐渐地长大了，变得越来越顽皮了，它从心底里对莉丝特产生了一种浓厚的感情。

　　人们常说猪笨。的确，人类养的家猪大多非常笨，但是，在弱肉强食的自然环境里生存的野猪，却往往是非常聪明的。尤其是这只泡泡野猪，它更是野猪当中极为出色的。

莉丝特自从和爸爸学会了把手指放在嘴里吹出尖厉的口哨声之后，就常常用口哨声来召唤泡泡野猪。所以，过了一段时间以后，只要莉丝特一吹口哨，泡泡野猪就会立刻横穿院子飞奔过来，如果没有马上出现，那一定是藏在什么地方静静地等着和莉丝特玩捉迷藏呢！

一天，莉丝特正在刷鞋，泡泡野猪跑了过来。这一天，泡泡野猪的情绪非常活跃，好像非要搞出点儿什么事来似的，它故意把小羊推倒在小鸭子身上，然后扬扬得意地看着两个朋友摔倒在地的狼狈相。

这时，泡泡野猪又来到莉丝特身旁，围着刷鞋的莉丝特转了三圈，却始终搞不明白她在干什么，只觉得莉丝特正在做一件非常奇怪的事。观看了一会儿后，它就把自己的两只前蹄搭在了莉丝特身旁的椅子上，再用两只后蹄蹬地站了起来，那样子好像在说："给我也刷一刷！"

莉丝特马上就明白了它的意思，于是就在它的前蹄上涂了些鞋粉，然后用刷子刷了起来，很快就把它的两只小前蹄刷得干干净净。

　　泡泡野猪眨巴着小眼睛，乖乖地看着莉丝特给它刷洗蹄子。等刷洗完后，它闻了闻蹄子上的味道，鼻子里哼哼着，看样子非常满意，又好像在说："谢谢！"然后就高兴地跑开了。

　　当然了，刚刷洗干净的猪蹄没过一会儿就又变成了泥腿子。这以后，只要看到莉丝特刷鞋，泡泡野猪马上就会跑过来，伸出蹄子，让她给自己刷洗干净。

　　泡泡野猪非常聪明。它做了坏事也会感到内疚。

　　泡泡野猪喜欢欺负小鸭子、小羊，难免会被家人责骂或是遭到鞭打，受到教训后它就记住了：以后不能再欺负小动物了。有时它甚至不需要鞭打，只要莉丝特吹一声尖厉的口哨，它就会马上停止恶作剧。看来，在动物中，似乎也存在着是非观念。动物们按照不同的智商，存在着程度不同的是非观念。

　　一天早晨，莉丝特透过窗户向院子里看，发现泡泡野猪把头压得低低的，小眼睛不住地眨巴着，歪着脖子，尾巴尖来回抖动，看这副模样就知道它又要干坏事了，莉丝特本想吹声口哨制止它，转念又一想，还是先看看它究竟想干什么吧！这时，院子里的小鸭子正在被小狗追赶着，"嘎嘎嘎"地叫着，摇摇晃晃地跑到小羊身旁躲了起来，见小鸭子这样胆小，那只小狗更加大胆了，"汪汪汪"地叫着，直奔小鸭子而去。就在这时，院子里突然响起一阵"哼——啊、哼——啊、哼——啊"的咆哮声，那是野猪发怒的声音。

这时的泡泡野猪已经长出了尖利的牙齿。只见它嘴巴一张一合，就像在磨牙，背上的毛倒竖着，奔小狗猛地冲了过去。

四

这时，小狗已经叼住小鸭子的脖子了，它正要拽着小鸭子离开，泡泡野猪已经冲到了它身边，尖利的牙齿一下子咬住了它的侧腹部。欺负小鸭子的小狗吓得腿都软了，马上就被泡泡野猪掀翻在地，它发出了一声哀鸣，挣扎着赶紧脱身，然后在院子里找了个地方躲藏起来。

莉丝特第一次看到泡泡野猪打起架来的那股子凶狠劲儿，忽然觉得这头小野猪有些可怕了，再见到泡泡野猪朝自己跑来，莉丝特心里不禁有些紧张。

但是，泡泡野猪来到莉丝特身边时，已经完全恢复了以前那副温顺的样子，它还是会像原来那样，把两只前蹄搭到椅子上，央求莉丝特给它刷洗蹄子。

泡泡野猪在莉丝特家慢慢地长大了，但它并没有忘记小时候那次惨痛的经历和那头凶恶的熊。

杀死泡泡野猪妈妈和兄弟姐妹们的那只黑熊，是黑熊家族中一个游手好闲的家伙。

一般情况下，熊往往以草根和草莓等植物为食，而弗吉尼亚南部这条河畔的黑熊却是食肉的。那次袭击泡泡野猪一家的黑熊就非常喜欢吃猪肉。这只黑熊也喜欢吃小牛，此外，它也不放过小鸟的巢，有时候，它甚至还会吃掉自己的同类——小熊。但它最喜欢吃的还是野猪，为了能捉到野猪，它甚至不惜长途跋涉。当捉到小猪后，它一般不会马上杀死，而是尽量让小猪活着，因为对这只黑熊而言，听小猪痛苦地发出"吱吱"的叫声就是一种乐趣。

这头黑熊一直以小猪和小牛为猎物，因为小猪和小牛还不懂得如何保护自己。有时，当它打小牛的主意时会被聪明有力的母牛给赶走。相对于母牛来说，母猪一般情况下都很愚笨，所以，猎取小猪就容易得多了。

　　上次袭击泡泡野猪一家时，黑熊竟然遭到了野猪妈妈的拼死抵抗，这令它感到非常意外。而且，它那次也付出了代价，两只前脚掌都受了重伤。在那之后相当长的一段时间里，它只能拖着疼痛的伤脚走路。因此，它心中埋下了仇恨的种子，之后便开始对小猪展开了疯狂血腥的报复。

　　这一带的野猪都曾经遭过黑熊的袭击，不过，在袭击了泡泡野猪母子之后的很长一段时间，由于前脚受了重伤，黑熊只能靠捕食兔子这样的小动物来填饱肚子了。伤好之后，吃野猪肉的欲望就变得更加强烈了。显然，它已经把受伤的惨痛教训彻底地抛到九霄云外去了。

　　黑熊的鼻子极其灵敏，它只要嗅一嗅风中的气味，马上就能知道附近有没有猎物，确定有猎物之后，它就会循着气味过去。

　　一天早上，刚刚变得有些明亮的森林里，微风轻轻地送来了一股诱人的小野猪的味道。

　　"哈哈！好极了！我这就去吃这难得的美味！"

　　黑熊晃动着硕大的脑袋，在风的指引下，穿过了森林，悄无声息地靠近了布兰迪的家，动作显得异常敏捷。

黑熊循着气味来到了院墙边，爬上了院墙，刚想跳进院子里。没想到，围墙不结实，很快就被它那沉重的身体给压塌了，黑熊猛然滚落到院子里，发出了一声巨响。

院子里，泡泡野猪还在枕着小羊的后背睡觉呢。黑熊爬起来，直奔泡泡野猪而去。泡泡野猪被惊醒了，它猛然跳起，闪到一边。可怜的小羊，睡梦中还不知道发生了什么事，转眼间就被黑熊一掌打死了。

泡泡野猪幸运地逃脱了黑熊的袭击，立刻从黑熊刚才毁坏的围墙那里跑了出去，转眼间就消失在了草丛中。

墙轰然倒塌的声音、小羊惨叫的声音，接着又听到了泡泡野猪喘着粗气奔跑的声音，布兰迪一家这下子全都惊醒了，大家顿时慌乱起来。布兰迪跳下床朝窗外一看，发现一头大黑熊正叼着小羊向院外走去，于是，他赶紧叫醒了邻居，带上猎狗，抓起一杆猎枪，迅速地奔向森林，追赶黑熊去了。

黑熊在山里奔跑的速度非常快。当听到身后的狗叫声，知道有人追来时，这头黑熊马上就像长了翅膀似的飞奔起来。虽然嘴里还叼着小羊，却一点儿也没有影响它奔跑的速度，不一会儿，它就来到了河边，随即跳进河里游走了。

我们在动物园看过黑熊，总以为熊的行动很迟缓，其实并非如此。有时，熊的动作可是相当敏捷。

五

黑熊被激流挟裹着顺流而下，后面的狗叫声听上去越来越远了。

在河里，黑熊不用使劲划水就能轻松地甩掉敌人。因此，它索性懒洋洋地摆动身体，随水漂流。

等狗追到河边时，黑熊的足迹早已消失不见了。狗在河边来回地走动，试图嗅出黑熊的气味，但是却一无所获。河水将黑熊的气味冲走了。

布兰迪他们沿着黑熊的脚印一路追踪，很快就发现了被黑熊丢掉的小羊的尸体。

对于猎熊的男人和猎犬来说，黑熊闯入民宅这件事可以算得上是一件令人高兴的事，但对于莉丝特来说，却完全不是这样。她被黑熊吓得浑身颤抖，更令她悲伤的是，她还失去了泡泡野猪这个可爱的宠物。

　　她找遍了院子里每一个角落，不停地吹口哨呼唤泡泡野猪，可是却始终不见泡泡野猪的踪影。

　　莉丝特跟随爸爸来到了森林，走到一片沉寂的沼泽地附近。这片沼泽地显得非常荒芜，看上去毫无生气，莉丝特深深地陷入了失去泡泡野猪的悲伤和寂寞之中。她倾听了一会儿，又吹了几声口哨，希望能唤回泡泡野猪。

　　就在莉丝特打算放弃寻找，准备离开沼泽地之时，沼泽地里突然传来一阵"稀里哗啦"的声响。莉丝特一下子愣住了，难不成那只黑熊又出现了？但随着"噗噗"的响声，从沼泽地里钻出来一头满身是泥的小动物。莉丝特仔细地盯着那头小动物看，听它的叫声有点儿像泡泡野猪，但她还不十分确定。

　　那满身是泥的小家伙跑到她身旁后，抬起了两只前蹄，放在了地上的原木墩上，做出让莉丝特刷洗蹄子的动作，还表现出要求给它挠背的表情。正是泡泡野猪！莉丝特高兴地大叫了一声，立即拾起一根树枝，开始给它挠背。

　　找到泡泡野猪后，莉丝特高兴地往家里走去。而泡泡野猪就像只小狗似的，活泼地围着莉丝特直转，一路上都蹦蹦跳跳地跟在她的身后。快到家时，泡泡野猪突然站住不动了，刚才一脸愉快的表情全都消失了，只见它身上的红毛竖了起来，绿眼睛里闪着幽光，一张一合的嘴巴周围沾满了白色的泡泡，已经长成的獠牙凶巴巴地向外龇着，那样子有点儿不同寻常。

莉丝特来到它身旁，刚想摸摸它，它却噘起嘴来直哼哼，显得很厌烦。莉丝特仔细地观察了一下地面，发现了黑熊留下来的脚印，马上就明白了其中的原因。原来，正是黑熊脚印散发出来的气味让泡泡野猪进入了警戒状态。见此情形，莉丝特就没有再打搅泡泡野猪，而是耐心地等着泡泡野猪平静下来。

时间慢慢地流逝，转眼间，十月份就到了。可是，在弗吉尼亚州的南部地区，尽管到了十月份，却仍然跟夏天一样热。

在这炎热的天气，莉丝特的少女之心有点儿骚动了，她经常会独自一人逆流而上，有时候甚至还想冒险到人迹罕至的河里游泳。有一天，她还真的这么做了。在河流的一个转弯处，莉丝特脱掉了身上的衣服，跳进了水里。

平缓而清凉的河水顿时让莉丝特感到舒服极了，她游到了河中心的沙滩上，然后躺在那里晒起了太阳。等她晒够了太阳，便跳进了水里往回游。游到中途时，她不经意地往河岸边放衣服的地方一看，不禁吓了一跳。

天哪！她的衣服上竟然盘着一条响尾蛇。她没敢继续前行，慌忙又游回到河中心的沙滩上，开始想办法。如果男孩子遇到这种情况，一定会想到扔石块去打跑响尾蛇。可莉丝特却是个女孩子，根本就不敢那样做。喊救命也不行，因为这个地方很少有人来。

莉丝特瘫坐在沙滩上，真不知道该怎么办才好。

时间一分一秒地过去了，一个小时后，被强烈的阳光灼烤着的莉丝特实在是忍受不下去了。

"如果爸爸能来就好了。"

莉丝特开始想，怎么着才能让爸爸到这里来？想来想去，她想到了吹口哨。要是爸爸听到她的口哨声，一定会赶过来的。

莉丝特于是就把手指放到了嘴里："嘘——"

尖厉的口哨声响了起来。半个小时过去了，爸爸依然没有来。

莉丝特再次吹起了口哨。

没过多久，她就听到了回应口哨的声音："咔嚓！咔嚓！"

似乎要把大地给踩平似的，是谁来了呢？究竟会是谁呢？要是爸爸的话，肯定会大声喊自己的名字，可莉丝特现在听到的却只是那种非常沉重的脚步声。

"怎么办？怎么办呢？"

莉丝特把双手紧紧地环抱在了胸前，吓得直打哆嗦。

六

"救命啊！爸爸！"

莉丝特大声地喊着，还在沙滩上挖了个坑，尽量把身体往里面隐藏。

河岸边陡峭悬崖上的灌木丛晃动起来，一个黑色的影子闪了一下。

"黑熊？"

莉丝特正暗自担心呢，从灌木丛里却走出了一头野猪。

"啊！泡泡野猪！"

莉丝特放下心来，但是转念又一想，还是有些失望：
"你能救我吗？"

想着想着，她又吹起了口哨，看来只有爸爸到这里
来才能救助自己。

可是这次回应她的还是那只泡泡野猪。

只见泡泡野猪沿着河岸，着急地向她这边跑来，从
悬崖到莉丝特身边只有一条路，这条路一直通到莉丝特
放衣服的沙滩上。

泡泡野猪跳过原木墩，穿过低矮的灌木丛，一路飞
跑着，很快就到了河岸。

突然，它一眼看见了那条响尾蛇，马上吃惊地停下
了脚步。

河岸上，那条死神般的响尾蛇也发现了泡泡野猪，
它盘成了一团，剧烈地摆动着叠起来的尾巴尖，发出"噗
噗"的响声，随时准备应战。

见泡泡野猪和响尾蛇双方都拉开了战斗的架势，莉
丝特紧张得不得了，胸口就像被什么东西给勒紧了似的，
一点儿都透不过气来。

就见自己的宠物泡泡野猪后背上的毛倒竖着，小眼睛里闪着愤怒的光芒，两腮上的牙碰撞着，发出一阵尖厉的响声。它一步一步地向这条响尾蛇逼近，视死如归般，想要同响尾蛇决一死战。

这时的泡泡野猪还没成年呢，可它竟然发出了成年野猪战斗时才会发出的那种短促的吼叫声。它向对手逼近，那架势就像个勇敢的小斗士！见响尾蛇在莉丝特的白色衣服上蜷着，泡泡野猪感觉有点儿不好下手。它在衣服的周围不停地兜着圈子，不知不觉就把响尾蛇逃跑的路给堵上了。

泡泡野猪将自己的脸颊和一侧的肩冲着响尾蛇，逐步朝它逼近。它这样做，是觉得这两个地方都不是身体最重要的部位，一旦被蛇咬到，也不要紧。这种出于本能的智慧，自然界的很多动物身上都有，实际上，这些智慧都是大自然母亲在它们出生时就教给它们的。

该采用哪种战斗方法应对，响尾蛇当然也非常明白。火红的舌头迅速地在它的嘴里"咝咝咝"地进进出出，响尾蛇是在据此判断对手的情况。

泡泡野猪"咔吧咔吧"地磨着象牙般长长的獠牙，

发出了一声吼叫。但它没有向蛇再靠近一步。它目测着自己与这条蛇之间的距离，计算着一旦蛇扑上来，什么样的距离才能让它扑个空。

另一方面，响尾蛇也在尽量想办法把对手向自己的身边引诱。一旦对手接近了自己，它就会迅猛地扑上去，用力地把毒牙咬在对手身上，这样就可以把毒液充分地注射到对手体内。

蛇一次次抬高自己的身体，引诱野猪过去；泡泡野猪则装出一副马上就要攻击的样子来欺骗蛇。

突然间，响尾蛇冷不防就把自己弯曲的身体伸直了，就像一杆枪似的朝着泡泡野猪射了过来。无论什么样的动物都无法躲开响尾蛇那快如闪电般的袭击，当然，泡泡野猪也没能迅速地躲开。

泡泡野猪立刻觉得脸上针扎般地疼痛，被响尾蛇咬过的地方很快就渗出来一些黄色的泡沫状的毒液。

泡泡野猪被蛇袭击时并没有躲闪开，不过，它也借此机会敏捷地跳起来，一口就反咬住了响尾蛇的喉咙，就像同小鸭子玩耍时似的，开始在空中用力地甩动蛇的身体。

很快，蛇就被摔到了地上，它迅速盘成一团，摆出防守的阵势。泡泡野猪没有给它留片刻喘息的时间，立刻跳到了它身上，吼叫着拼命地踩踏这条响尾蛇。

响尾蛇的头马上就被踩碎了，肚子被踩开了花，而这时，泡泡野猪满脸都是白色的泡沫，嘴巴"咔吧咔吧"地动着，那条可怕的毒蛇很快就在它脚下变成了一堆肉泥。

莉丝特始终捏着一把汗，就这么提心吊胆地看着蛇猪大战，当泡泡野猪取得胜利后，她这才松了一口气。

"谢谢你了，泡泡小猪！真是太感谢你了！"

她激动得不得了，只会重复这一句话了。

刚才几乎被吓晕的莉丝特终于缓过神来，猛然发现自己还没穿衣服，于是立即跳进河流之中，朝泡泡野猪游去。

莉丝特十分担心泡泡野猪会被响尾蛇的毒液给毒死。但她忽然想起父亲曾经说过的话：野猪是不怕蛇毒的。这样，她才将心安放下来。

"我该怎么谢你才好呢？"莉丝特对泡泡野猪说。

泡泡野猪当然回答不了莉丝特的问题，但它却明白莉丝特的心意。所以，它围着莉丝特转了一圈后，就把后背转了过来，似乎在请求莉丝特："帮我挠挠后背吧！"

这次经历之后，莉丝特和泡泡野猪的关系变得更加密切了。

秋天到了，树叶一片片飘落了下来。树叶飘到河里，顺流而下，就像是童话里的一叶叶小船，在没有尽头的河流中漂浮着，不知漂向何方。

"噼啪、吧嗒"，森林里不时地响起树籽成熟落地的声音。泡泡野猪四处寻找着落地的树籽，没命地往自己的肚子里塞着。在吃树籽的同时，它还不忘向四处张望，要是看到有蝴蝶飞来，它就会跑过去捕捉。有时，它还会腿上发力，拼命地飞跑，一个起跳就能跳出两三米远。它还会伸长獠牙，猛推树根，有时竟然还会把一棵大树给连根拔起来。

力量越来越大的泡泡野猪总想找个机会试一试自己究竟有多大的力量。

七

当最后一片树叶飘落到地上时，深秋就到了。

这时的泡泡野猪身体已经发育成熟了，它拥有了一身健壮的骨骼，感到浑身上下都有着使不完的力气。

自从那天黑熊把莉丝特家的围墙撞倒之后，泡泡野猪就一直在森林里生活。

虽然它曾经帮助莉丝特解决过困难，而且跟莉丝特也相遇过好几次，它依然是莉丝特喜欢的小动物，但是，它已经不再和莉丝特一家住在一起了，而是过上了真正的野猪生活。

有一天，泡泡野猪在沼泽地旁发现了一种山芋。它挖出了那株山芋的根须，仔细地闻了闻，又看了看："嗯，这东西能吃。"

此时的它还清楚地记得母亲曾挖过这种东西给自己吃。泡泡野猪现在不只是吃树籽，也在尽力地把不同味道的食物一个个地挖出来吃掉，这样，它的身体就可以长得胖胖的，为冬天的到来积蓄充足的能量。

肚子吃饱后，泡泡野猪这才步履蹒跚地走开，它想到被阳光晒得暖乎乎的陡坡上好好地睡上一觉。它嘴里满足地哼哼着，在一块落满树叶的地上横卧下来，很快就睡着了。

画眉鸟飞了过来，发现了泡泡野猪，于是便朝泡泡野猪叫了起来：

"嘿！快挖树根呀！"

但泡泡野猪正在熟睡，根本就没有睁眼。

"哇——嗬，嗷——嗷——"

突然，一种极其恐怖的声音传了过来，沉睡中的泡泡野猪马上翻身坐起，小眼睛一个劲儿地眨巴着。

"什么声音呢？"它侧耳仔细倾听。

"嗷——嗷——哇——嗬——"

这声音好像是从森林深处传出来的，像是在吼叫，又像是在大笑。

泡泡野猪呆呆地在原地站了有十多分钟，听了一会儿，它便朝发出声音的方向走了过去，发现那声音正是从它刚才挖树根吃的那块沼泽地传出来的。它悄悄地接近了沼泽地。在那里，泡泡野猪看到了一头黑熊，此刻，它正躲在茂密的草丛的阴影底下。泡泡野猪马上认了出来，那头黑熊正是杀死自己母亲和兄弟姐妹以及布兰迪家小羊的凶手。

泡泡野猪见那头黑熊正躲在草丛中不停地挖着刚才自己因为嫌味苦而没有吃掉的树根。黑熊显然是想把那个树根都挖出来吃掉。那个树根又大又粗，看上去应该非常好吃，发出来的气味也十分诱人，但是，只要咬上一口，舌头立刻就会被辣得像烧着了一样，实在是难吃极了，泡泡野猪刚才就是因此才没有吃那个树根的。

但现在，那头黑熊却坐在那里大口地嚼着那难吃的根须。

"嗷——嗷，哇——嗬！"

这个根须那么苦辣难吃，黑熊为什么还要挖出来吃掉呢？原来，熊经常吃野猪肉，肉吃多了难免会患皮肤病，这种苦辣的树根可以医治它的皮肤病，所以它就时不时吃这种根须来调理身体。

泡泡野猪不明白那头黑熊为什么要大叫大嚷着吃那种苦辣的根须，当然，这与它一点儿关系也没有，犯不着为它担心。它想，还是别和它有什么冲突吧，于是就悄悄地从旁边溜走了。

寒冷的冬天很快就到来了。

秋天的森林曾经是泡泡野猪的乐园，但到了冬天，森林里不仅毫无生气，而且也没有了食物来源。于是，泡泡野猪只好回到了布兰迪的家。

布兰迪家里有间仓库，那里养了很多头家猪。外面刚一下雪，泡泡野猪就钻到了这些猪当中。

刚开始，这些家猪对泡泡野猪的态度很不友好。但没过多久，它们就把泡泡野猪视为自己的同伴了。晚上，泡泡野猪挤到这些家猪的中间和它们一起睡觉；而到了白天，它也会和这些家猪一起，排列在食槽前，伸着脖子吃食。

一个冬天就这么过去了。春天一到，这些家猪就迈着缓慢的步子，到外面晒太阳去了。

这时候，泡泡野猪已经长得像一匹健壮的小马那么大了。它的腿变长了，身体也变大了，肩也变宽了，鼻子明显在变粗，在庭院的家畜当中算是个子最高的了，它身上长满了漂亮的金毛，脖子和后背上长着长长的猪鬃。

在布兰迪家里，莉丝特只要一吹口哨，泡泡野猪马上就会转过身来，迅速地跑到莉丝特身边。它的蹄子就像安了弹簧一样，跑得非常轻快，跳过低矮围墙时，它的身姿就像小鹿般轻盈。它跳过围墙，直奔门边。莉丝特马上就会给它美食吃，还会给它挠挠后背。挠完后背，它还会把两只前蹄举起来，伸到莉丝特眼前，让莉丝特用刷子给它刷洗一下两只前蹄。有时，莉丝特还会给它的前蹄上擦上一些鞋油，这样一来，泡泡野猪的两只前蹄就会变得闪闪发亮。

布兰迪常常对莉丝特这样说："莉丝特呀，泡泡野猪简直就像是你的一只狗，哪里还是什么野猪啊！"

八

现在，莉丝特走到哪儿，泡泡野猪就跟到哪儿，的确很像一只小狗。不过，这只"小狗"虽然只有两岁大，体重却已经接近七十千克了。

通向森林的路满是尘埃，在这条路上，一头野猪正急匆匆地向前走着。此前，它从未在这一带出现过。这是一头雌性野猪，同泡泡野猪同类，刚刚成年。因为刚成年，所以这头雌性野猪浑身上下都洋溢着青春

的气息。它满身都是灰色的毛，因为在满是红色尘土
的路上奔跑，所以到了现在，也隐约可以看到一些红
色的毛边。

这头雌野猪不停地奔跑，不时地抽动着鼻子四下
闻着，耳朵也不断地扇动着，时刻注意着附近的声音
和气味。它有时候就像狗、像狐狸一样，会追踪路上
的足迹和气味，并且在道路的两侧留下自己的气味。

这个不停奔跑的野猪"姑娘"到底想要干什么呢？
一般情况下，动物和人类的行为非常相似。在人类社
会中，年轻人都充满了冒险精神，经常渴望到处走一
走、看一看。正在红土上奔跑的野猪"姑娘"也是如此，
它年轻，喜欢冒险，努力追求自己的幸福。

当野猪"姑娘"跑到一个十字路口时，它停了下来，
嗅了嗅微风中的气味。

它实在是不想放过哪怕一丝的幸福气味，它会根据
风中传来的气味，选择能给它带来幸福的道路前进。

傍晚时分，野猪"姑娘"已经越过了河流上低矮的
木桥，进入了河流对面那片广阔的森林。

关于野猪"姑娘"的故事也就展开了。

在布兰迪的农场里，立着许多供猪蹭痒痒用的木桩。这些木桩当中，最结实的一根是用老杉树做的，这根木桩比其他木桩要稍微高一些，上面布满了便于猪蹭痒痒的树疖子。

农场里的猪从这根木桩旁边经过时，一般都会停下脚步，在上边蹭一蹭。

一天，当泡泡野猪走近这根木桩时，突然感觉到木桩的另外一侧传来了一阵嘹亮的歌声："咕啦——咔啦——哇咕——"

这歌声是一种小声的哼哼声，人类的耳朵是听不见的，因为这是野猪的歌声，而野猪的歌里都是些奇怪的歌词，人类根本就听不懂。

但是，泡泡野猪听到这种歌声后，全身就像着了火似的沸腾起来。其实，这就是成年野猪进入发情期的一种表现。

这时，恰好有一头胖胖的猪过来蹭痒痒，泡泡野猪不等别的猪让开，就着急地挤了过去，嗅起了木桩上的气味。

嗅着嗅着，泡泡野猪身上金色的鬃毛一下子都竖了起来，它好像失去了控制似的，开始咬起木桩来，样子非常疯狂。

咬了一会儿，泡泡野猪又开始在木桩上蹭了起来。蹭一会儿，停一会儿，然后接着再蹭。

等完全蹭够了，泡泡野猪就向附近的小路上跑去。跑了一会儿，它又停了下来，向四周看了看，然后又折返回来向木桩跑去，继续在木桩上蹭痒痒。蹭完了以后，它好像是下定了什么决心一样，离开树桩向森林里跑去。

在沼泽地旁边一片阳光明媚的空地上，从灌木丛里跑出来一只灰色的动物，正是那头野猪"姑娘"。

泡泡野猪立刻判断出：刚才那根木桩上留下的那种气味就是这个"姑娘"身上的气味。

野猪"姑娘"一见泡泡野猪，就迅速地跑开了。泡泡野猪立即快速地追了上去。

在一片开阔地带，泡泡野猪渐渐追上了那位野猪"姑娘"。这时，野猪"姑娘"好像也不打算再继续跑了。

泡泡野猪继续跟在野猪"姑娘"身后，突然，野猪"姑娘"转过身来，开始"呼哧呼哧"地喘着粗气，目不转睛地盯着泡泡野猪。

就这么一瞬间的凝视，野猪"姑娘"终于看清了追逐自己的对象，恐惧感一下子就消失了，很快，它就表现出了友好的样子，让泡泡野猪蹭了蹭它的脸颊。当泡泡野猪尖利的獠牙碰到了野猪"姑娘"的脸颊时，野猪"姑娘"马上就意识到"它就是能给我带来幸福的那一个了"……泡泡野猪与野猪"姑娘"一见钟情了。第一次见面，双方就都认定了"对方能同自己白头到老"。

从那天开始，莉丝特一连很多天都没有看到泡泡野猪。她当然不知道，泡泡野猪此时正和它的野猪"姑娘"在森林里享受快乐的新婚生活呢。

可是有一天，正当它们小夫妻俩一起散步的时候，沼泽地那边突然传来一阵恐怖的叫声。

九

听到叫声，泡泡野猪马上向发出叫声的方向跑去，野猪"姑娘"紧随其后。它们走进了一片茂密的草丛中，走着走着，突然，它们的眼前出现了一个十分可怕的敌人，正是那头凶恶的大黑熊。

一见到大黑熊，泡泡野猪金色的鬃毛"唰"的一下就竖起来了，与此同时，它开始"咔吧咔吧"地磨起自己那锋利的獠牙。

"嗷——"

大黑熊也看见了它俩，迅速地站起身来，发出了一声凶猛的号叫。

刚才，黑熊为了治疗身上的皮肤病，一直在沼泽地里打滚儿。现在，它浑身上下都是腐臭的烂泥。

泡泡野猪与黑熊对峙着，现在的它并不惧怕黑熊，但它认为战斗的时机还未成熟。

黑熊当然更不怕野猪了，但它想起了从前与野猪一家的那场残酷的遭遇战。

黑熊和野猪各有各的打算，虽然双方都吼叫着摆出开战的架势，但最后还是一点儿一点儿地拉开了距离，到别的地方去了。

有一天，一只秃鹫在高空中悠闲地飞着，它突然发现地面上那片森林地带的树木之间有东西在动，于是立刻从高空俯冲了下去。临近地面时，秃鹫才看清这个动物原来是一只山猫。

这只山猫的毛皮是浅茶色的，它的尾巴很短，身手十分敏捷，它在地面上奔跑时就像在滑行一样。这时候，山猫正在一棵躺倒的树上蹑手蹑脚地走着。突然间，它也注意到了空中的飞鸟，于是抬头向天空观察着。

秃鹫低低地飞着，不停地在空中打着转儿。山猫见了，就不再注意秃鹫了，它似乎正在等待别的猎物现身。山猫用爪子挠了挠自己的脸颊，猛地抽紧了身体，接着蹲下身去，侧耳细听。

就听远处传来了非常微弱的脚步声。

"扑通、咔嚓……"

脚步声渐渐地向这边逼近，虽然它现在还不能清楚地判断出会是什么动物，但可以肯定的是，这是一大群动物的脚步声。

过了一会儿，甚至都能听到像说话一样的吵闹声了。

秃鹫当然也听到了这种声音。它从空中向下一看，发现树木间隐隐约约出现了一些动物的身影。

听得这种声音近了，山猫赶紧跳到了旁边高高的树桩上，那是一节躺倒在地的松树残留下来的树桩。

山猫一动不动地蹲在了松树桩上，看上去就像是树桩上长出来的一个大疖子。这正是山猫的一种伪装手段。

那声音更近了，现在听起来十分嘈杂。

山猫蹲伏在树桩上，朝发出声音的方向竖起了耳朵，锐利的眼睛目不转睛地盯着那边。

这时候，一大群动物出现了。走在最前面的是一头大野猪，后面跟着一群小野猪崽。小野猪们乖乖地跟在母亲身后，三五成群、晃晃悠悠地从森林里走了出来，不时地用鼻子到处嗅着。

树桩上的山猫紧绷了身体，随时准备出击，它对列队而来的这些美味早已垂涎不已了。

野猪妈妈先从树桩下面走过，山猫没有搭理它，由着它过去；接下来走过的是一头健壮的小野猪崽，然后，又是一串脚步声。数头小野猪崽也出现了，它们慌慌张张地朝母亲身后追了过去。一头最小的野猪崽明显地落在了队伍的后面。

山猫"喵"地叫了一声，飞快地朝那头小猪崽猛扑了上去。

"吱——吱——"

小猪崽的脖子一下子就被山猫死死地咬住了。听到孩子的惨叫声，野猪妈妈立刻转过身来。

就见那只山猫已经叼着小猪崽跳到了树桩上。野猪妈妈用后腿支撑着站立了起来，它想爬到树桩上去救自己的孩子，可是这根树桩实在是太高了，它根本就爬不上去。山猫蹲在树桩顶上，按住了不停惨叫的小野猪，嘲笑似的俯视着救子心切的野猪妈妈。

野猪妈妈拼命地拉长了身体，想去够自己的孩子。山猫站在树桩顶上，用它那尖利的爪子使劲地挠着野猪妈妈的鼻子。

山猫所占据的树桩面积非常大，野猪妈妈撞击过来时，山猫马上就躲到了树桩的另一侧。野猪妈妈只能干着急，实在是没有办法救自己的孩子。

在此紧急关头，附近的草丛突然晃动了起来，草和小树枝都被按倒了，就见一头大雄野猪跳了出来，正是野猪爸爸。

而这突然出现的救兵正是山猫所担心的。所以，山猫的眼睛里立刻流露出了恐惧的神情。

十

野猪爸爸用前爪扒着树桩，一下子直立了起来。

它那长着尖利獠牙的脸颤抖着，满脸都是愤怒，那样子好像要把山猫撕碎一样。山猫见雄野猪摆出了这副凶猛的架势，立刻跳到了树桩的另一侧，野猪爸爸便在树桩下面跟着它转了起来。

山猫来回跑时嘴里还叼着小野猪崽不肯松口，听着小野猪的叫声变得越来越微弱了，这时，山猫与野猪的战斗也变得越来越激烈了。

山猫占据的树桩旁边还有一棵躺倒的大树，树上长着一根粗大的树枝，斜伸向树桩这边。野猪妈妈突然急中生智，一下子跳到了躺倒在地的这棵树上，打算从这根粗大的树枝上跳到邻近的树桩上。

借助着这根粗大的树枝，野猪妈妈没费什么力气就来到了宽阔的树桩上，与山猫正面遭遇了。

小野猪崽的每一次惨叫声都揪着野猪妈妈的心。刚到了树桩上，它就像一团燃烧的火焰一样冲着山猫猛扑了上去。野猪妈妈的攻击极其凌厉猛烈，很快，山猫就从树桩上掉下去了。

更为糟糕的是，这时候，树桩下面还有野猪爸爸和一头小野猪崽，就是所有的野猪崽当中个头儿最大、也最健壮的那只小崽，刚刚看到了山猫同自己父母的战斗，它自己也正跃跃欲试呢。那只山猫刚从树桩上掉下来，它马上就冲了上去，"啪"的一声就把山猫的前腿狠狠地踩住了，动作又快又狠。转眼间，愤怒的野猪爸爸也扑了过来，一下子就用獠牙把山猫掀起来，抛向了空中。紧接着，山猫"扑通"一声又摔到了地上。

野猪爸爸还是不解气，它晃动着尖利的獠牙，再次扑向了摔在地上的山猫，一下子就把山猫的皮给撕开了。

"嗷——"山猫惨叫起来。

接下来，愤怒的野猪爸爸一口咬碎了山猫的骨头。接着，它又叼起了山猫左右甩动，恨不得将山猫碎尸万段。

这头愤怒的野猪爸爸正是泡泡野猪，而野猪妈妈正是它的妻子野猪"姑娘"。

战斗结束了，山猫死了，被山猫咬过的那头小野猪崽也死了。见野猪一家离开了，那只一直在空中盘旋的秃鹫这才飞落了下来，落到了山猫的尸体旁。

秃鹫是食腐动物，但它并不是自然界唯一的食腐动物；有时，黑熊也会吃一些不太新鲜甚至有些腐烂的肉。

为了能吃到猪肉，河畔的黑熊什么地方都去过，它甚至连人类养猪的山谷都去。

袭击人类饲养的家猪比袭击野外的野猪要容易多了。因为，和野猪比起来，人类饲养的家猪更肥胖、行动还特别迟缓，它们的小猪崽的肉更是鲜嫩美味。

黑熊会不断地改变自己的袭击地点。因为，它只要袭击过哪家圈养的家猪，那家的人就会带上猎犬去追杀它。不过，黑熊的逃跑速度非常快，又非常了解狗的追踪方法，所以，转眼间，它就会逃得无影无踪了。尽管人们设下了很多捕熊的陷阱，但根本就捉不到它。

于是，人们都认为河畔的黑熊"是一头聪明的熊"。

熊喜欢吃肉，但吃肉的动物往往都有怪癖。它们哪次要是得到了很多肉，一时吃不了，就会把肉藏起来，留到以后再吃。埋藏起来的肉是很容易腐烂的。不过，如果动物多次吃过那种带有腐臭味的腐肉之后，也会把这种腐肉视为美味佳肴的。

一天，当黑熊正在森林里走动时，风中传来了一股腐肉的气味。黑熊立刻循着气味跑了过去。

森林中的一片草地上躺着一具小野猪崽的尸体，正是被山猫杀死的泡泡野猪的孩子。因为被山猫抛在了草丛里，所以没有被那只秃鹫发现。

黑熊立刻将这头死的小野猪崽拖了出来，它没有马上吃，而是挖了个坑，把野猪崽的尸体埋了起来，打算过些日子再慢慢享用。

在自己最小的孩子被山猫杀死后的第二天，野猪妈妈就从森林的小道上走了过来，准备凭吊一下自己死去的孩子。这一点跟人类非常相似。很多野生动物在亲友死去后都会有这样的行为。

而恰好这时，黑熊也过来了，它打算现在就把自己埋藏起来的小野猪崽吃掉。野猪妈妈和黑熊就这样狭路相逢了。

野猪妈妈龇出了獠牙，摆出了一副战斗的架势。

黑熊见野猪妈妈显得十分疯狂，就开始向后退步。

在这一进一退间，它们来到了一片开阔地带。开阔地的下边就是悬崖，悬崖下边是流淌的河水。

宽阔的地方对于野猪妈妈作战非常有利，于是，它看准机会，立刻向黑熊发起了进攻。

通常，野生野猪在紧要关头会大声求援。可是今天，野猪妈妈的心里燃起了熊熊怒火，对孩子的强烈母爱也燃烧了起来，根本顾不上大声求援了。

它把满嘴的牙咬得"嘎嘣"作响，一步步地向黑熊逼近了。

黑熊一边退让，一边甩动前掌，用尽全身力气向野猪妈妈拍去。

十一

"嗷——"

野猪妈妈的肩上被黑熊狠狠地拍了一掌，疼得身子直打晃。直到这时，它才意识到，这头黑熊是个可怕的对手，于是便想要大声求援。

野猪妈妈一边大声呼救，一边同黑熊战斗着。黑熊小心地摆出迎战的架势。

见野猪妈妈冲了过来，它轻轻地躲开了，随即又给野猪妈妈来了凶猛的一巴掌。

这一掌将野猪妈妈打得飞了出去，它从悬崖上掉了下去，一头扎进了河里，河面上溅起了一大朵漂亮的水花。

野猪妈妈落水后立刻游起泳来。虽然它不喜欢游泳，但它却游得挺好。当它从河里爬上岸时，岸边的草丛里出现了一头红颜色的大动物，正是它的丈夫——泡泡野猪。

泡泡野猪是跑来救援的，但由于野猪妈妈的求救信号发晚了，所以它没能赶上这场战斗。

而黑熊以为野猪妈妈已经被自己干掉了，于是便得意扬扬地回到了森林里。

就这样，森林似乎又恢复了平静。不过，很多天后的一个早晨，在莉丝特的家里，布兰迪突然大发雷霆。

原来，昨天晚上，他们家的田地被糟蹋得一塌糊涂。他们辛辛苦苦种的莴苣、西瓜全都被什么动物给吃光了，龙须菜和大头菜虽然没被吃掉，却也被踩烂了。

"一定是野猪干的！"田里干活的伙计说。

"我认为是熊干的！"杰克家喂猪的伙计说。

　　杰克从国外花了高价买回来的宝贝母猪也被野兽给杀死了，他现在也正为这事儿生气呢。

　　杰克和莉丝特的父亲布兰迪都打算请职业猎人除掉这些可恶的野兽，于是，他们俩一前一后来到了猎人鲍尔的家里。

　　鲍尔除了猎捕野兽以外，其他什么事也做不了。

　　一天之内有两个人请他除掉野兽，他突然觉得自己很有本事，已经成了了不起的重要人物。

　　"哎呀！先给哪一家做好呢？"

　　稍微想了一会儿，鲍尔决定还是先给莉丝特家干。

　　来到莉丝特家的菜地里，他只是看了一眼被糟踏的菜地，就非常内行地说道："到处都是脚印呀！我敢打赌，一定是野猪一家干的。大野猪挺大的，起码有一百八十千克重！"

　　站在一旁的莉丝特问起了父亲："你认为这是'泡泡小子'干的吗，爸爸？"

　　布兰迪毋庸置疑地说："不管是不是它干的，都不能再忍受了，你看这菜地都被糟蹋成什么样子了！"

　　鲍尔又仔细地看了一下留在地里的脚印，过了一会儿，他说："这是身体粗壮的野猪父母和它们的小崽们一起干的，野猪父亲踩出来的脚印就有鸡窝那么大！"

莉丝特家的菜地是用篱笆围墙围起来的，但篱笆墙对野生的野猪根本起不到任何的作用，也就能挡住老实的黄牛和没有什么力气的鸭子。

"爸爸！我们可以把围墙做得更结实一些呀！野猪钻不进来不就行了吗？"

布兰迪却说："那样的围墙要花很多很多钱呢，而且，即便加固了，对野猪来说究竟能起到多大作用呢？"

一旁的鲍尔说："小姑娘，你听说过没有？前段时间，三个孩子上学迷了路，结果被响尾蛇给咬死了。这一带响尾蛇原本不多的，就是因为受到了野猪的攻击，响尾蛇才聚到一起来的。"

接下来，鲍尔就像侦探一样，带着五只瘦弱的猎犬进了森林。

布兰迪也带着莉丝特朝河畔的山里走去。

向下走就是山谷了，鲍尔的狗"汪汪"地叫着，应该是发现了野猪的足迹，莉丝特和父亲布兰迪顺着狗叫声，爬到了山上。

鲍尔带来的那几只狗一直跑在鲍尔的前面。

没过多久，狗的吠叫声突然就变大了。这时，就听远处传来了草丛被践踏和动物们快速奔跑的声音。

狗和野猪的声音不断地从森林深处传了出来，鲍尔也开始"呼哧呼哧"地跑着追赶起来。

不到一会儿，狗的叫声就稳定了，这说明狗已经追上野猪了，鲍尔只需要过去将这些野猪干掉就算完事了。

可是，当鲍尔走近时，狗的叫声已经发生了变化。

"事情不妙啊！看来，猎犬是碰上强壮的野猪了。"

鲍尔有点儿慌了。

因为茂密的草丛遮挡住了视线，所以，当鲍尔走过去时，还是什么也看不见。

"汪汪汪——嘎呜……"

显然，这种声音里还掺杂着"咕噜"和"咔嚓"的声音。

那是野猪战斗时用它们那刀子般的獠牙发出的声音。

鲍尔还是什么也看不见。狗的叫声东一下、西一下，不知道它们到底在哪里。很快，"汪汪汪汪"的声音又响起来了，接着，野兽奔跑时踏响地面发出的"嗵嗵嗵嗵"声也远去了。

鲍尔搞不清楚到底发生了什么事，他焦急万分，连忙跳进草丛里，鲁莽地向前走去。

当他费力地从草丛里钻出来时，那激烈的战斗场面立即惊得他目瞪口呆。

鲍尔带来的狗只剩下两只还在作战，另外三只都不知跑哪儿去了。而且，这两只狗中的一只，很快就在鲍尔眼前被野猪活活地杀死了。最后，就剩下了一只杂种狗。而野猪还在气势汹汹地龇着它那像短刀似的獠牙。

野猪一看见鲍尔，立即就抛开了最后那只杂种狗，咆哮着朝鲍尔猛扑过来。

"砰！"

因为太着急，鲍尔还没瞄准就慌忙扣动了猎枪的扳机，子弹一下子打到了泥土里。

鲍尔只好闪到了一边，有草丛的阻挡，他一时间无法逃走。眼看着鲍尔就要被野猪杀死了，剩下的那只杂种狗冲了上来，咬住了野猪的后腿。

"千万要咬住它啊！"鲍尔心里想着，趁此机会冲出了草丛，跑向了最近的一棵树。他刚爬到树上，野猪已经飞速地把那只狗收拾掉，"咚咚咚"地向他追了过来。

十二

跟随而来的布兰迪听到狗追猎物的狂吠声，不由得想起了自己年轻时狩猎的情景，一下子激动不已。

当狗叫声停在一处不动时，莉丝特的父亲急忙起身出发了。他已经上岁数了，加上心情焦虑，走着走着很快就体力不支了，一不小心还把脚给崴了。

"莉丝特！我现在只能慢慢地走了，你先去打野猪，拿着猎枪！"

莉丝特接过猎枪，朝狗叫的方向前进。

最初还能听到狗叫声，不久，什么声音都听不见了。

"喂！"

莉丝特喊了一声，但没有听到鲍尔回应，于是，莉丝特把手指放到嘴里。

"嘘——"

她吹响了尖厉的口哨。鲍尔听到口哨声，以为是其他猎手来救他了，就大声叫了起来。

莉丝特隐约听到了鲍尔的叫声，可距离实在是太远了，根本搞不清是谁，这人在哪里，又在喊叫什么。不过，莉丝特一想，既然有人叫喊，还是过去看看为好。于是她就不停地吹起了口哨。

"嘘——嘘——"

莉丝特用口哨向父亲请教该往哪个方向走，然后又吹着口哨朝着父亲指点的方向走去。

莉丝特的口哨声，父亲和鲍尔都清楚地听到了，那头大野猪也听到了。

野猪原本还在对着鲍尔爬上去的那棵树龇牙咧嘴地站着，听到哨声，它一下子就变老实了，发出了平静的喘息声。

见只有莉丝特一个人手持猎枪走了过来，树上的鲍尔站在树上仔细地观察了一下四周的情况。

"当心啊！野猪朝你那里去了！赶紧爬到高处，再好好儿瞄准！"

鲍尔提醒着莉丝特。

莉丝特再次吹起了口哨，草丛对面很快就响起了一阵"噗噗"声。突然，一头大野猪跳到了她的眼前。

莉丝特被吓了一跳，不过，她马上就高兴地大叫起来："泡泡野猪！你怎么在这儿？"

听到莉丝特的叫声，大野猪后背上原本竖起来的毛迅速地贴到了身上。接着，大野猪朝莉丝特"扑通扑通"地走了过来，两只前爪很快就搭到了莉丝特站立的原木上面。

泡泡野猪嘴里咕哝着，一个劲儿地在莉丝特脚上蹭着脸。它是想让莉丝特把它的两只前爪擦亮，而且还想让莉丝特给它的后背挠痒。

莉丝特坐在原木上，开始给它挠后背。

"你干什么呢？快开枪呀！它会吃掉你的！"

鲍尔在树上大声地喊叫着，莉丝特却说："你就别胡说了。打什么呀？我能打我的朋友吗？"

大野猪让莉丝特挠完了后背，就非常满足地消失在了森林里。

再说河畔的那头黑熊，在打跑野猪妈妈后，马上又回到了埋藏野猪小崽的地方。

被黑熊埋藏起来的野猪小崽已经腐烂了，散发出一股浓烈的腐臭味。一群秃鹫闻着味就飞来了，黑熊把周围的这些秃鹫赶走，然后把埋藏的猎物挖出来吃掉了。

就在黑熊吃完腐肉后，森林里很快就响起了一阵杂乱的脚步声，来的是泡泡野猪一家。野猪爸爸一直走在队伍的后边，因为现在的森林里静悄悄的，没有什么危险，也不用担心。

野猪一家很快来到了河边。

野猪妈妈首先跳到河里游了起来。小猪崽们一个个"哼哼唧唧"地，不知在说些什么，看样子好像是下不了决心似的。终于，有一两头小野猪崽跳进了河里，可唯独有一头小野猪崽死活也不敢往河里跳，它就那么可怜巴巴地站在岸上，叫个不停。

河畔的黑熊听到了小野猪崽的叫声，立刻像一阵风似的赶了过来。

在河边吱吱叫个不停的小野猪崽突然感到自己头上的土堤好像要倒塌了似的，刚要叫喊，它的脖子已经被赶来的黑熊给咬断了。

黑熊迅速地把小野猪崽拎起来，然后又风一般地钻进了森林里。它爬上了一个斜坡，接着又翻过了一个山丘，之后才坐下来把小野猪崽吃掉。吃完之后，黑熊心中暗想：小野猪崽真是好吃啊！野猪貌似厉害，但好像也没什么大不了的！以后，我要一个一个地把那些野猪崽吃掉！

猎手鲍尔那天晚上回家时，三只猎犬正在家里等着他回来呢。三只猎犬中有一只受了重伤，另外两只则是因为害怕而偷偷摸摸地逃了回来。

这样的猎犬根本就无法胜任猎捕野猪的工作，该换别的猎犬才是，但鲍尔又不好意思向自己的朋友去借。作为一名猎手，向别人借猎犬就等于告诉别人，自己的猎犬没用，而鲍尔怎么都不愿做丢面子的事。

没过多久，布兰迪对鲍尔说，野猪又来糟蹋庄稼了。

"如果你能把野猪收拾掉，我保证好好儿地酬谢你。"

莉丝特的父亲布兰迪说。

鲍尔却说："等下了雨再动手吧。那时，我自己一个人就能找到野猪，把它给干掉了！"

下了雨，以前留下来的足迹就会消失，地面就会变得松软，新的足迹就会非常清楚地印在地上，那时，即使不用猎犬也能追踪猎物，鲍尔心里正打着这样的小算盘。

"等下了雨，我也去！"

莉丝特的父亲对鲍尔说。

莉丝特听到了，便对父亲说："爸爸，你可千万别杀泡泡野猪，我们还是把围墙做结实一些吧！"

父亲听了，却只是狠狠地说道："捉到那家伙后，我会用它的牙齿给你做副手镯的。"

又过了不久，他们终于盼来了一场大雨。

大雨把地面上的足迹全给冲刷掉了，地面十分柔软，森林里到处都是落叶，踩到哪里都会发出"咔嚓咔嚓"的声音。

"喂！我们出发吧！"

鲍尔和莉丝特的父亲布兰迪跃跃欲试，再次进入了森林。

鲍尔与布兰迪年龄相仿。鲍尔是名猎手，身体健壮结实，走起路来飞快。布兰迪勉强跟在他后面，累得直喘粗气。

鲍尔仔细观察着地面上留下的足迹，不停地往前走，很快就到了那片沼泽地。他们沿着沼泽地走了一段路后，改向小河下游行进，越过一座低矮的山丘，来到了河边。

"稍微歇一歇！都喘不过气来了！"布兰迪说。

鲍尔没有理会，独自一人继续往前走。布兰迪只好边喘着粗气，边在后面追赶。

又走了将近两千米，鲍尔突然大叫起来："喂！你快过来！我终于找到它了！"

布兰迪喘着粗气跑过来一看，果然，地面上有很多野猪的脚印。在这么多野猪的脚印当中，夹杂着一些大脚印，比其他脚印长出了十二厘米，很明显，那是那头大野猪踩出来的。

"走！"

鲍尔立刻飞快地沿着脚印追了下去。布兰迪累得气喘吁吁，却又不能不追赶鲍尔。可是鲍尔的速度实在是太快了，渐渐地，他就被甩出了老远。

布兰迪实在是筋疲力尽了，对鲍尔的行进速度感到异常不满。最后，他干脆在一根原木上坐了下来。他想："等鲍尔发现了猎物再招呼我吧。"

三十分钟过去了，鲍尔不知跑哪儿去了，现在，什么声音都听不到了。

又过了半天，在河畔长满低矮树木的茂密森林里传来一种声音。

布兰迪悄悄地站起身来，试着向发出声音的方向喊了起来："嗨——嗨——"

除了松鸦嘶哑的叫声外，再没有什么东西回应他了，周围一片寂静。又过了一会儿，突然响起一阵野猪尖厉的叫声，那是求助的叫声。

布兰迪于是便快速地朝那片茂密的森林走去。

在森林前方，似乎聚集了许多动物。

他悄悄地走过去，爬上了一棵躺倒在地的大树，朝对面一看，不由得倒吸了一口冷气。

十三

只见眼前有一些动物排成了一排，正相互愤怒地瞪视着。

仔细一看，原来是一只大黑熊和一群野猪。

离黑熊最近的是一头满身金毛的漂亮雄野猪。此刻，它正叉开四脚、用力地踏着地面。它的身后，是一头比它稍小一些的雌野猪，这头雌野猪鼻子细细的，牙齿短短的。附近的草丛里还有一些小野猪崽在躲躲藏藏。
这些野猪崽大约有十五六头，它们有点儿害怕，只在原
地打转，缩成了一团。

黑熊本来想去袭击野猪崽，可是，雄野猪为了保护
自己的孩子和身后的妻子，猛然跳到黑熊面前，挡住了
黑熊的进攻。

黑熊真要扑过来的话，野猪们哪一个都不是它的
对手。

"嗷嗷、嗷——"

黑熊的吼叫声就像打雷一样，大地似乎都被震得颤
了颤。

那只雄野猪也毫不畏惧，它叉开四足用力地踏地，
后背上的毛全都竖了起来，身体显得更加巨大。它压低
了头，小眼睛闪闪发亮，尖利的獠牙咬得"嘎嘣"作响，
嘴巴不停地动着，嘴巴周围都是泡沫。它当然就是泡泡
野猪。

草丛中的小野猪崽们吓得"吱吱"乱叫，只有一头
小野猪崽没有叫，它勇敢地摆出了一副迎战的架势。

黑熊和野猪们就这样一动不动地相互瞪视着。僵持

了老半天，黑熊慢慢地横着膀子动了起来。黑熊一走动，泡泡野猪也跟着动了起来，它紧盯着黑熊，总是绕到它正面去，时刻保护着自己身后的妻子和孩子们。

黑熊开始向相反的方向转动，突然，它前脚离地站了起来，看来，它马上要发起进攻了。

看见黑熊的架势，泡泡野猪先跳了起来，等黑熊一后退，它马上又停住了。其实，黑熊耍的都是虚招，它想以此来诱骗泡泡野猪呢。

连着使了几个虚招之后，黑熊真的要向泡泡野猪发起猛烈的进攻了。

"嘭、嘭！"黑熊用它那硕大的前掌朝泡泡野猪身上打去，被打之后，泡泡野猪一边忍着痛苦，一边用短促的声音吼叫着。

黑熊比泡泡野猪大很多，泡泡野猪被打得摇摇晃晃的，但并没有倒下。在黑熊前掌打来的瞬间，泡泡野猪用刀一般闪闪发亮的獠牙飞快地猛咬上去，一口咬住了黑熊的要害部位。它发疯般咬着对手，黑熊的身上很快就被它咬伤了五六处，伤口都渗出血来了。

泡泡野猪受伤了，黑熊也流血了。它们分别向后跳开，喘着粗气，一边痛苦地呻吟，一边互相怒视。

只是短暂的停止。过了一会儿，它们又开始来回地晃动起来。

黑熊心想：这次无论如何也要把这只野猪摔倒，然后把它按倒在地，用后爪把它撕碎！泡泡野猪此刻也在想：这次要是被黑熊打倒了，我就没命了，所以，无论如何我也要挡住敌人的攻击，用尖牙把它干掉！

它们晃动了半天，还是黑熊先动手。它飞快地扑了过去。

它想利用自己身高和体重方面的优势压倒对手，把对手打倒在地。

然而，泡泡野猪的防守却非常严密，黑熊并未得手；而泡泡野猪也乘此机会用尖利的牙齿向黑熊软软的肚子使劲地咬了下去。

"嗷——"

黑熊悲惨地号叫了一声，向后退去。

很快，黑熊和泡泡野猪再次逼近了对方，它们就这样一次又一次地激烈搏斗着。

打斗中，黑熊爬到倒在地上的大树上，寻找新的攻击机会。

　　面对如此强大的对手，泡泡野猪不免心生焦躁，于是也跟着跳到了树桩上。

　　黑熊一躲，泡泡野猪就扑了个空，于是，它笨重的身体就越过原木桩，重重地摔到了地上。

　　见此情景，站在原木桩上的黑熊立刻扑了上去，它打算用自己沉重的身体压倒泡泡野猪。泡泡野猪迅速扭过了脖子，晃动着尖利的牙齿朝黑熊猛咬。

　　"扑哧扑哧！"

　　泡泡野猪的利齿很快就扎透了黑熊的身体，一股鲜血从黑熊体内迸射了出来。黑熊沉重的身体几乎要把泡泡野猪压倒了，眼看着泡泡野猪就要支撑不住了。

　　在这紧要关头，凶猛的雌野猪赶紧冲过来帮忙。它用自己尖利的牙齿拼命地朝黑熊身上猛刺、猛咬，黑熊想要躲开，但雌野猪却咬住它的爪子不放，还"嘎吱嘎吱"地咬起了里面的骨头。黑熊被咬得痛苦地吼叫起来，泡泡野猪趁势甩开了压在身上的黑熊，掉头朝黑熊狠狠地咬了下去。

　　在两头野猪轮番拼命地刺、咬之下，黑熊终于倒在了地上。

两头野猪用刀一般锋利的牙齿切割着黑熊身上的肉，眼睛里冒着寒光。黑熊身上血流如注，肉一块一块地被切割开来，它撕心裂肺地号叫着，想要逃走，可是两头野猪根本不给它任何机会，就那样片刻不停地咬着、刺着……黑熊想爬回树上去，两头野猪立刻冲上去把它撂倒，并朝它的侧腹狠狠地刺咬下去。黑熊肚子上的皮很快就被撕开了，肠子都被拽出来了。

黑熊躺在地上一动不动，早已断了气。而那两头野猪却仍然不停地刺着、咬着……黑熊浑身沾满了泥土，变成了一堆僵硬的肉块。

布兰迪自始至终都在屏住呼吸观看着这场惨烈的战斗。

直到战斗结束，他才长出了一口气，心里默念道："太了不起了！不愧是做父亲的，居然把黑熊给干掉了！实在是令人钦佩啊！"

从此以后，布兰迪也开始喜欢泡泡野猪了。

战斗结束后，小野猪崽们吵嚷着拥到了父母身旁。

一场血腥的搏斗后，野猪一家沉静了下来，聚集在一起的小野猪们互相安慰着，它们的父母亲也在温柔地互相慰问。

眼前这一幕，正是野猪一家在险恶的大自然里互相照料、齐心协力、顽强生存的真实写照。

布兰迪不由得想起了莉丝特在河边遭遇响尾蛇时，泡泡野猪曾救过她的事情。他还想起了莉丝特曾涨红着脸跟他讲述泡泡野猪同响尾蛇勇敢战斗的经过。那次战斗大概也像这次一样极其危险吧？那次，泡泡野猪是为了朋友而战！莉丝特的父亲看了看自己手里拿着的猎枪，感到十分愧疚。他想："我要是用猎枪伤害它，怎么对得起它呢？别忘了，它曾经救过我的女儿呢！"

这时，他又想起出发前女儿曾跟他说过的话。

"行了！我还是回去做个结实的围墙，让这些家伙自由自在地生活吧！"

就这样，莉丝特的父亲悄悄地回了家。他可爱的女儿正在家里等着他呢。他会和女儿聊一聊她这个可爱的朋友——泡泡野猪和它全家勇斗黑熊的故事。